阿指善的雪

汪泉 著

陕西新华出版

太白文艺出版社·西安

图书在版编目（CIP）数据

阿拉善的雪 / 汪泉著. -- 西安：太白文艺出版社，
2021.10（2023.6重印）
ISBN 978-7-5513-1944-7

Ⅰ.①阿… Ⅱ.①汪… Ⅲ.①中篇小说—小说集—中
国—当代 Ⅳ.①I247.5

中国版本图书馆CIP数据核字(2021)第196397号

阿拉善的雪
ALASHAN DE XUE

作　者	汪　泉
责任编辑	张　鑫
封面设计	王　洋
版式设计	建明文化
出版发行	太白文艺出版社
经　销	新华书店
印　刷	三河市同力彩印有限公司
开　本	787mm×1092mm　1/16
字　数	240千字
印　张	15.5
版　次	2021年10月第1版
印　次	2023年6月第2次印刷
书　号	ISBN 978-7-5513-1944-7
定　价	46.50元

在仓央嘉措的小径分岔处

故事发生的当时，谁也不知道阿拉善是一个什么地方。直到后来，我才知道阿拉善是一个富有宗教意味的地方，或者说是一个诗意的哲学高地，是传说中仓央嘉措的归宿地之一。

仓央嘉措是谁？他是一位活佛，他来自世俗，归于世俗；他是一位诗人，他的诗歌来自佛堂，归于尘埃；他是一位性情中人，他热爱人间，最终也归隐人间。尽管他深情的吟唱声此刻在我的耳畔一再跃出，但我还是克制笔触不将读者带入他的诗境，因为我要说的是小说，也应同样充满善意，对宗教的善意。

故事发生的时候，我上初中，每天在一个叫裴家营的小镇的街道上晃悠，时不时就产生厌学情绪。我向往阿拉善。如果我那时就知道仓央嘉措曾踏足阿拉善，我一定会逃离那个小镇，坐上火车去往彼处，哪怕十分短暂。

那时，发菜突然值钱了，据说南方人特别喜欢吃发菜，还因为它谐音"发财"。村上大人小孩都去阿拉善右旗拾发 菜换钱。他们在百草枯黄的冬日，背着干粮，冒着严寒，先乘坐手扶拖拉机，到一个有火车站的地方——谭家井，然后扒上火车，到宁夏中卫沙坡头；下车后，再步行到阿拉善。20世纪80年代中期，他们年年如此。每每回来，他们背着蛇皮袋，里面装着夹有草屑的发菜；还带着从火车上带回来的各种东西，比如报纸。他们回来，故事也就回来了。我的邻居是一个三十多岁的大汉，他把带回来的报纸送给我，让我照着上面的字写毛笔字（我是村上唯一用笔的人，每年春节，村上的对联都由我写）。他们还将从火车上顺来的葡萄干分给村上的人。那时候，我丝毫不觉得他们的盗窃行为可耻，甚至引以为傲。他们也毫不隐瞒，这就有了冬日的故事，惊险刺激。故事的发生地就在阿拉善。三十多年以后的某一天，我在遥远的岭南得知邻居在异乡离世的消息，才有了创作《阿拉善的雪》的冲动。

在开始这个中篇的写作之前，我有幸去了一趟阿拉善。这已经是故事发生至少二十年以后的事了。年少的时候，觉得阿拉善很遥远，而那一次去，觉得并不远。出发地是兰州，三小时到达沙坡头，不到一小时就到阿拉善边缘的通湖草原。通湖草原果然是一个美丽的地方，有浅浅的湖泊，湖畔有安静的马和散步的羊群。我们喝锁阳酒，跳锅庄舞，在夜色下漫步，当晚回到御马庄园。那时候，我还不知道仓央嘉措来过此地。

此后，我又一次去了通湖草原。那一次，我依然不知道仓央嘉措来过这里。那一年，全国书市在银川举办，会后我所在的敦煌文艺出版社社长带我们顺道采风，其实就是玩儿。归来，我写了《在阿拉善的屋檐下》这篇散文（见《读者·乡土人文版》），记录了那个美好的夜晚。其中有一段是这样写的：

　　醒来的时候，黄色的月亮正靠在身边的栅栏上，像一块油饼，甚至能闻到一股清香；又如一片正午的沙漠，温暖而熟悉。彼此都不陌生。远处是那风车的身影，没有风，风车安静地立着，抑或那轮风车原本就是个道具，也未可知。

　　凌晨五点半，我被麻雀的叽喳声吵醒。我幸福地睁开眼睛，眼前群雀飞舞。它们肯定惊讶于阿拉善的屋檐下突然冒出来了这样两个闲汉，大铺大盖地睡着，是否要和它们争夺这个令它们幸福异常的屋檐？然后开始在这里争吵、谈论、观察，看看是否对我俩采取什么行动。

　　我盯着这些飞舞的东西，一个呈"个"字状的影子在眼前掠过，我才知道它们不是麻雀，是燕子。其时，我才醒了——那叫声也是有很大差别啊！

　　原来是燕子在这屋檐下召开了一个大会，最终没有给我俩定罪，它们只是有些奇怪，大概是暂时合议吧！我想它们的会议最后还是宽容的：在阿拉善的屋檐下，世界上所有的物种都是平等的，谁都可以栖息，能互相包容即可。

　　等到后来，这些实景唤醒了我对当年村里人反复聊过的故事的记忆，才写就了《阿拉善的雪》，而彼时我还是不知道拾发菜的村里人正是沿着那个打动了无数读者的仓央嘉措的足迹，来到阿拉善。当年，仓央嘉措一行经天国寺—华躲寺—裴家营—冰草湾等，于1716年8月到达阿拉善边界。他们穿过通湖草原，穿过腾格里沙漠，来到了这个叫阿拉善的地方（据阿旺多我济：《仓央嘉措传》）。

第三次，我终于抵达阿拉善盟。原来，在阿拉善居住着很多汪姓的族人。族谱修成，我们三代人到阿拉善举行颁发仪式。在阿拉善上百位族人的围拢下，我才知道，我们的祖先当年从民勤到阿拉善所走过的路是拿性命换来的。在20世纪五六十年代，或者更早，他们从民勤出发，徒步穿越腾格里沙漠，多少族人埋骨大漠，一部分族人最终抵达阿拉善的屋檐下，求得了生存之地。

当晚，烈酒、烤全羊、呼麦，马头琴。

那些故事最早是在我生活的半径范围之内酝酿想象，此后一次次无限接近，终于抵达圆心。从少年到青年，我所走过的路是艰难的，但远远够不上艰辛；艰辛的是我们村的村民，他们曾经给我送过从火车上顺来的新闻纸，半夜给我送来他们顺来的西瓜，替我家下到一百多米深井淘井，帮我家耕田犁地收割庄稼。后来，那口井终于枯了，一半的邻居次第离开那个小小的村庄，四散而去，有的去了瓜州，有的去了新疆。多年以后，一些零星的关于那些善良的邻居离世的消息，在时光中留下斑驳的印迹。

如此看来，这四个中篇小说便是我童年、少年，以及中年的部分记忆。曾有人问海明威："一个作家最好的早期训练是什么？"

他直接回答："不愉快的童年。"冰心也曾说："提到童年，总使人有些向往，不论童年生活是快乐，是悲哀，人们总觉得都是生命中最深刻的一段；有许多印象、许多习惯，深固地刻画在他的人格及气质上，而影响他的一生。"

从《相拥》和《家雀》来看，我似乎并没有经历什么不愉快，却有不少的惊愕和恐惧，包括《黑面条》。当初，我的族人和邻居们是在寻求生活的路径，而仓央嘉措是在寻找心灵的归宿。正如想象中当年的仓央嘉措一样，他从拉萨的宫阙中走出，走到青海，再从青海来到大漠边缘，经过我家门口，一步步来到阿拉善。我们村里的人也是如此，去阿拉善的路程艰险曲折，其结果却浪漫而神圣。

2020 年 11 月 18 日

目 录

相　拥

　　一条粗而绵软的东西猛地箍住我的脖颈，呵着热气的声音在耳边大叫一声："狼！"那叫声像一面铜锣直戳戳地敲在我十岁的心上，咣——我的心几乎从耳朵里跳出来，我浑身震颤，身子忽地膨胀，几近爆炸。我哇地叫了一声，侧目，身后却是一脸兴奋的三喜娃，不是狼。我扭转身子，将他甩出了老远，我感觉自己周身旋转着风，而他在风的外面摇晃，险些跌倒。我狠狠地从嘴里抛出了三个比石头还重的字，那三个字脏得像落在茅坑里的三枚石箭镞。

　　三喜娃眼里的热情顿消，热切的目光退回，他红着脸远远地说："张狼真捉了一只活狼，拴在石磨上，走，我们看去——"

　　这话使我渐渐恢复如常——原来三喜娃开玩笑开过了。我睨视着他说："你就不知道好好说！""想给你惊喜嘛！真的，这是好消息！"他的目光从远方缓缓向我靠近，我能感觉到那渐进的热度。"活狼？""骗你是丫头养的！"三喜娃发出最毒的诅咒。我的耳朵和脑袋刚缓缓降温，听了这话，又热起来："哎！张狼是个大英雄！"三喜娃歪着脖子，趔开身子："张狼张狼，他就是狼的先人，狼见了他，腿肚子都先软了！"我感觉自己的膝盖酸了一下，心想：张狼长得像狼吗？虽然也听过灵山上狼嚎的声音，夜里远远见过狼的眼睛，但还没有面对面见过狼；张狼的大名早就将我的耳朵磨出茧来了，但我还没有亲眼见到过他，今天这机会岂能错过？

张狼活捉狼的事儿在村上已经广为流传。不管走到哪儿，菜园子的石墙边、张家的大杏树下、寨子墙脚，只要见三五人凑在一起，不论男女，不用问，他们肯定是在谈论张狼。村子里很快有一种类似喜悦的味道，像一锅美味的烩菜，在不知不觉中缓缓散发，进而弥漫了整个村庄。我闻到这味道是从中川飘来的，张狼是中川人。他咋不是下川人啊，他要是下川人多好！

架在大队部的大喇叭太远了，看不见，声音却圆润饱满，如临耳畔，此时正播放着激昂奋进、明快响亮的歌曲，似乎整个下川人都在为张狼大奏凯歌。我和三喜娃正是踏着这样的曲调，去了邻村——中川，去看狼——我更想看的是张狼。

狼，我不是没有见过，只是离得远。有时候，深夜，你可以听到遥远的狼嚎，接着就是此起彼伏的犬吠，像铁灰色的匕首一样飙出去，劐开了黑夜。出门，寨子高大的寨墙像一张巨大的黑幕，幕下是人家里透出的微弱的灯光，大幕之上，就是北山，如果还有些微的月光，北山便是微亮的。山上有一簇簇绿色的小灯笼似的光在闪烁，如晃动的星光，似乎会随时飘到你的身边，或者头顶。那是狼，绿灯笼正是狼的眼睛。此时，我浑身唰地冷了，起了一层鸡皮疙瘩，头发直奓，如同被一只无形之手向上拽着。我赶紧挠一挠头皮，不敢回头，就一头扎进屋门。我不好意思说听见狼嚎怕得要死的话，唯恐被姐姐们笑话，便说道："今晚上这狗吃了辣椒了！"

"赶紧睡，不能提那个字，要不然，它就趴在你的枕头边，张大嘴巴，嘴里有像吊死鬼一样的舌头。"二姐郑重其事地说。

三姐说："你就不要吓唬他了，要不他惊醒就号！"

关于狼，我没有印证它干过什么坏事。小时候，妈妈时常哄我那个已经走了的弟弟，说："别号了，再不听话，狼来了。"弟弟后来走了，不是被狼吃掉了，而是他生病了，浑身烫得叫人不敢搭手，他的眼睛热得闭不上，眼神很黯淡，黯淡得像烧干了的锅，冒着烟。

关于狼，常听大人聊天时说："狼从窗台上过——危险得很！"听到这话，我便隐约看到一只瞪着两只绿莹莹的眼睛的狼，它的眼球突出在长长的脸外，仿佛两个灯笼，照亮了前方的地面，它飘忽而来，正从我家的窗缝里瞅我呢！但话说回来，我倒也没听说过谁家的孩子真被狼叼走或者被吃了的事。

张姓这个猎户因为打狼厉害，人们就叫他张狼了。我不知道他真实的名字，也没有亲眼见过他长什么样。而整座灵山周围，无人不知张狼的大名，似乎有了他的存在，这才是个好地方，人们才有安全感；只要说出他的名字，人的胆子也会大上几分。

这一次，我一定得去看看狼究竟长什么样，张狼到底长什么样。张狼，居然能把狼捉住，拴在自家灰麻色的磨盘上，真是厉害。我心怀敬畏，和三喜娃一起去看狼。临走的时候，妈特意安顿："见了狼，千万要离得远远的，千万不要惹它。否则，狼要是报复，夜里狼群来了，麻烦就大了。"

那天去看狼的人多。有大人，有孩子，男男女女，很是热闹。人群似乎是和天上的日头一样自在，像过什么节日一般，步调徐疾不一。我们跟着三三两两的人一直走，我想，他们要去的地方肯定也是我们要去的地方。果然，人们都拥到了一个地方，四面都围着人，扎成了堆。圆圆的高音喇叭传来一个人洪亮有力的声音，似乎要将狼死死镇在这高亢的声音下，永世不得翻身。而我们在人群外只能看见无数沾着尘埃的大小屁股，这些屁股上缀着新旧有别、大小不一的补丁，我轻扯了一下身边一个大男孩深蓝色的棉衣袖口，意味友好。他扭过头来，脸上挂着的两个酒窝也表达了友好；三喜娃正看着他笑，露出了白花花的牙齿，我和三喜娃都比他小。他知道我们要问他话，便把身子转过来说："啥事？"这话听起来他能包揽一切事物。我说："狼在哪里，我咋看不到？"他仰脸向上，努着宽大的嘴巴说："舞台上！"我踮起脚，还是看不见。我跳起来，身子还没有落地，就被大男孩猛地举起半截身子，我扭了一下头，惊恐中看见台上只有一个长发弓腰的人！我惊讶地说："那是个人啊！"他松开那双不大的手，将我放下来，我站得很稳当，他狡黠地一笑，酒窝尤其好看："是狼！"我执意说："是人！""嘿嘿，你这个下川娃，这里哪来的狼，这里是大队部的批斗会，批的是人。看狼要到张狼家！张狼听说过吗？"三喜娃接话说："谁不知道，猎人嘛！""他就是狼转生的，知道吗？他上辈子就是狼，修成精了，这辈子就是人了，他的魂灵是狼，是狼的克星，比狼厉害。你们见了他不要害怕！"我低头走着，似乎是为自己鼓气："再厉害也是个人嘛！"大男孩回头，酒窝消失了，说："人？见了你就知道了！比那麻狼害怕！"三喜娃怯怯地问："麻狼吗？""走，我领你们去，见了你就知道了。"他走在前面，身轻如燕。我看见他的鞋帮周围是一圈牛皮，黄蜡蜡的牛皮色，针脚均匀，让他走起路来轻快如飞。

在大男孩的带领下，我们绕过大队部门口，走上了一个斜坡，回头才看清，一群人围在戏台下面高呼口号，打倒梁林什么的。戏台上面就是一个梳着背头的人，弓着腰，站着，假如他直起腰来，个头会很高。真像演戏呢！大喇叭一字一顿，像一块石头砌在另一块石头上，肯定是历数他的罪状，圈点他的劣迹，他像一个被砸毁了庙脊的脊兽，表情呆滞，面色蜡黄，背头像一丛乱草，被一个人揪着衣服，摇晃了一阵子，身子深深低了下去，看不见脸孔，头发花白，如灵山庙宇前的秋草一般凌乱。这场面当然不如见真狼更吸引人。我还在回头看，三喜娃捣了我肋窝一把，我赶紧跟上队伍。

中川人最近很得意，尤其在我们下川人面前。逢人就说狼，每个人都很乐意领你到张狼家，这似乎成了他们最近要做的一件必不可少的大事。我喘着气撵上大男孩，大男孩边走边说："张狼家在阴洼，靠阴面的一个村子，我们这是在阳圪。"他一面说一面喷出一股一股白气，寒气和热气在我们嘴里交换，像岗哨换岗。他像大人一样说："谁知道这是好事还是坏事，反正我昨天夜里就一直不敢睡觉，害怕狼来报复。狼群要是来了，在各家各户的窗口把守一只狼，你想想，趁你睡熟时候，从窗子里跳进来，一口咬住你的喉咙，你连喊都喊不出一声，就完蛋了。"我咳嗽了两声，似乎嗓子干渴，加上一阵奔跑，像被狼爪子捏住了喉咙。"有那么多狼吗？"我怯生生地问。"这东西也是神物，谁知道有多少！灵山有多大你知道吗？"我摇摇头。"你知道灵山上有多少棵松树吗？"我再摇摇头。看了看远处的灵山，山坡上有花白的雪，像豹子身上的斑纹；山头上有一排排松柏，像一排荷枪实弹的哨兵。大男孩接着说："对呀，那你说，灵山上有多少狼啊！谁也说不清楚。唉！自从灵山上的庙宇被砸了之后，灵山上的狼就多起来了。你们下川还看不清楚，我们中川看得清楚得很。晚上，狼嚎的时候，那黑乎乎的山上，狼眼睛就像天上的星星，密密匝匝的。"他说这番话的时候像个大人。听了这话，我头皮发麻："那么多的狼，都下山了还了得！""是啊！所以我说，还不知道是好事还是坏事呢！"大男孩深沉地强调。他最终没有忘记夸赞他们的大英雄："不过再怎么说，有张狼在，就是全世界的狼来了也不怕，只要张狼放个响屁，狼闻着听着，早就尿着尿跑了。"我笑了，嘿嘿，我等的就是这句话！

　　关于灵山上的庙宇被砸的事情，我也没有亲见。后来我们去灵山放羊的时候见过很多庙宇真的被砸了，三喜娃可以做证——绿莹莹的草坪上遍地都是残垣断壁，废瓦烂砖，一个上了釉的墨绿色脊兽，像龙不是，像马也不是，我把它扶起来，我想象着它高居庙脊的威严形象，和三喜娃摆弄着，却被二姐严厉地阻止了。她说，不

能动这东西，这是庙上的神物。你忘了吗？张翠子把庙上的香炉子
带回家就疯了，金花娘娘附了体，胡传胡说，吓得人都睡不着，了
不得。我当即再没有敢动一下，似乎那脊兽身上散发着一股味道，
能把人熏晕一般。下山的时候，我特意给三喜娃摘了好多的马莲花，
请他吃。他小心剥开马莲花瓣，将里面的莲子样的绿色花籽捏在褐
色的指尖，丢进嘴里，说："甜！涩——""涩甜！"我说的时候，
感觉一朵蓝色的花朵在身体里开放，身体像一朵马莲花。"香吗？"
他问我。在他张开嘴时，我看见他的牙龈变成了蓝色。天哪，他的
肉变成了蓝色！"你张开嘴。"我觉得他就像鬼一样，"你的牙龈
怎么变成蓝色了呢？"他的舌头也是蓝色的，天哪，他的舌头居然
是蓝色的！我恐惧地想：他要是死了，真能吓死人！

　　灵山上有很多的庙宇，最高的是玉皇阁，还有文昌宫、三清殿、
娘娘殿、祖师殿、药王殿、七圣宫等。此外，灵山上还有一座灵隐寺，
灵山的名号就来源于这座寺院。灵隐寺的前面还有一座救苦楼，也是
佛家的。这座楼我记得最清楚，因为我妈专门来这里拜过佛，我跟她
来过，是我弟弟走之前的事。我没有参与砸庙，我还小，没有资格；
二姐和三姐虽然没有砸过庙，但是背过庙上的砖，这我清楚。背砖干
什么？修了学校的乒乓球案子，那案子还在，我每天在那案子上打乒
乓球，这也是事实。如果有一天，有人盘问我，谁砸过庙，我早就想
好了，三个字：不知道！再多一个字都不说，绝对不能承认哥哥和大
姐砸过庙的事。唉，谁知道哥哥和大姐会不会被查出来呢？

　　我们去看狼。多数孩子嘴上说是去看狼，其实大部分被大队部

批斗的"狼"吸引了。他们以为挨批斗的人就是狼呢，这帮家伙，傻透了！事实上，大喇叭也是这么说的，背头就是混迹在革命队伍里的恶狼。可清清楚楚明明白白的那是一个人哪！我心里暗暗得意：看看这些人，要是一起革命，他们肯定首先要走上邪路，进入敌人设下的圈套，甚至叛变革命。

张狼家在大队部对面的阴洼台，不远，门前是一片平坦的打麦场，阳光斜射下来，闪着刺目的白光。阳光没有照到的地方是白花花的积雪，积雪上，一条狗在回头看我们，像狼。麦场的尽头就是三间低矮的房子，炕洞口有烟逸出，不疾不徐，像庙宇里的香火一般，悠闲自在，根本不像有狼的样子。三间茅草房的前面是一盘磨，发着青白而冰冷的光——圆圆的土基上凸出一个圆形石头扇面，像涮羊肉的锅一般，扇面上是两扇青灰色的石磨盘，叠在一起，一模一样大小，像灰蝴蝶的两个翅膀合在一起。那磨盘厚重得很，似乎压住了这块地，比起我家那磨盘要大多了，两人都合抱不来呢。大男孩说："这就是张狼家，慢慢走，千万小心，狼扑过来，可就完蛋了。"我和三喜娃立即锁住脚步。"狼呢？"我们都好奇地问。那大男孩说："小心，它肯定在石磨背后乘阴凉呢！""这么冷的天，它热得很吧？""你要是吃了狼肉，三九天都淌汗，你说它热不热？昨天我们还看见它跳到了磨盘上嚎哩！眼泪直淌哩！"磨盘在阳光下闪着白光。

"咣——哗啦啦——"一条黄色的"狼"从黑房子边上跳起来，挣得铁链哗啦啦响。三喜娃一把抓住了我的胳膊，弄得我肉疼。我又疼又吓，缩了一截。

"这是狗！"大男孩说，"哪有黄狼！"

"这狗日的，吓死人了！"三喜娃终于放开了我的胳膊。

"这狗是狼狗，张狼的狗，比狼还厉害！"这话听起来令人激动，让人为狗自豪，究竟还是张狼豢养的东西厉害。而我家那小黄狗就不行，踢一脚，呜呜叫一声就跑了，哪里像狗！没见到狼，我们还是不甘心，尽管它在大男孩的描述中那么可怜。我们还是屏住呼吸，小心靠近石磨。

阳光照出了我们的影子，我们的影子在我们的前头探头探脑地晃动，像白日里的鬼魂。狼肯定会看到我们的影子。接着，我们看到一丛麦草，金黄金黄的一堆草，在阳光下闪着刺目的光。麦草堆外，一条水珠一样闪着银光的铁链穿挂在磨盘洞里。"狼！"大男孩喊了一声，吓得我浑身起鸡皮疙瘩，麻酥酥的，只是比起三喜娃吓唬我的那一声就显得微不足道了，毕竟有心理准备。我想骂他一句，只是说出了"你"，后面的脏话没有骂出口，毕竟他是陌生人，还有善意的酒窝，像个好朋友。"看，就在草堆里……"他声音小得像一根纤细的麦草。果然，狼像一团灰色的衰草，夹杂在金黄的麦草丛中；又像一张灰驴皮，耷着灰毛，看不见头和脸。"铁链拴着呢！"大男孩在我身边小声说。我浑身的鸡皮疙瘩在这句话之后慢慢消失了。

"汪汪——"那狗又吠了两声，声音柔和多了。

"狗！"黑屋子里传出厉声的呵斥，"小心！"一声是呵斥狗，一声是呵斥我们。

我们吓得站住了脚。这是张狼的声音，像一把刀，锋芒凌厉，却看不到人。

"张爸爸，下川来的两个娃，想看看狼！"大男孩喊。

屋里没有言传，这是默认。

我们缓缓靠近磨盘，黑屋里闪出了一条胳膊，晃了一下，似乎是扔了一块东西，黄狗"汪"地叫了一声，跃起了身子，又被铁链从半空拉下来。那团灰毛衰草动了一下，我缩了一步，狼突然从麦草堆里爬起身子，从磨盘后面飘出来，伴随着金属被极限拉扯的声音，它叼走了那块东西。我的心怦怦直跳：天哪，这狼！它的灰毛乱爹，昂起了瘦削的头颅，在阳光下身影一闪，便又躲在了麦草里；它吞下了什么，吞食声像一声委屈的呜咽。此时它看上去就像一只巨大的刺猬，将头和脸伏在麦草里。

"汪——"狗在一边又极为不满地吠了一声。我们都不在意它。黄狗必然是愤懑于主人的偏心：这肉该给自家的狗吃才是，咋就给了狼呢？不就是叫这三个娃看看狼这不堪的样子嘛，至于吗？

一边是狼，一边是狗；原本，狼哪里会将狗放在眼里，而今，狗却成了狱卒，伏在一边，定定地瞅着狼的动静；狼伏在草丛里，虽落得如此狼狈，却傲气在身，目中无狗。狗仗人势，尽职尽责地盯着狼的一举一动，不敢稍有松懈。我心里对狼有点不平之气，对狗自然也有点蔑视。

狼伏在麦草堆里，只露出了屁股，仅以此部位示人，足见其傲气尚存。我终于看清楚了：这是一只灰狼。咋说是麻狼呢？我看了一眼大男孩，大男孩也正得意地看着我："这家伙，要是挣脱，你娃的命就保不住了！"我无语，心想：你娃的命说不定还在我前面没了呢。

我们稍稍再靠近些，缓缓靠近磨盘的阴面，我们的影子交叉在一起，走向那黑房子门槛，这也是我想要看见的地方；可惜影子不能帮我看清楚屋子里面的情形。我看见那只狼蜷缩在磨盘后的草堆里，身子和一堆凌乱的麦草融为一体。"狼的尾巴是耷拉的，你看到了吗？"大男孩说。我说看到了。其实我哪里注意到它的尾巴，什么都没有注意到，只是吓了一跳。男孩又说："狗的尾巴是向上卷的，狼的尾巴是耷拉的。""它的眼睛怎么没光？"我问。大男孩摸着鼻子说："那是夜晚才发光的，狼眼睛亮，能看见鬼神。"哦，难怪它晚上是绿的。

那根铁链从麦草堆里伸出来，拴在磨盘的一只耳眼上。磨盘很厚，足有一个人的头那么厚。

"看看，就算它有天大的本事，还能拉跑了磨盘？"那大男孩说："不过也难说，狼群每个晚上都在阴洼坡嚎叫着，是要张狼放了这只狼，七八个晚上了，张狼就是不放，要让它受够了再说。"

"为啥？"三喜娃好奇地问。

"狼群也太张狂了，专门来把张狼家的一头猪给咬死了。你说说，这么多人家的猪你不咬，非要咬他家的猪，这不是针尖对麦芒吗？这可把张狼气炸了。他跟踪，寻找狼的踪迹，最终，他就把这只头狼给抓来了，也不吊死它，就让它在这光天化日之下，让人们参观。这家伙，就是这家伙，头狼！"

哦，我明白了：原来，这是一只被羞辱的狼呢！难怪这狼满面惭愧，这是被张狼羞辱得无地自容了。曾经，它率领它的团队，专门来到张狼家里，咬死了他的一头猪，肯定也把张狼给羞坏了，堂堂一个猎人，大号张狼，自家的猪被狼给咬死了，这简直是作为一个猎人最大的耻辱。于是，他下决心，在灵山上守了三天三夜，最终，用夹子逮住了头狼，拉着这只狼下来了。他这是让人们看看，究竟是狼厉害，还是他张狼厉害。

当然是张狼厉害了！

"为啥狼专门来咬他家的猪呢？"我问。大男孩偏着头，向我耳语："这是张狼错在先，猎人不捕幼兽。张狼恰恰有一天从狼窝里掏了一只狼崽，将那只狼崽抱回来，却被他的这条猎狗给活活咬死了，他只好剥了皮，煮着吃了。"说这话的时候，大男孩的嘴角差点流下涎水。他吸溜一声，将那涎水吸回嘴里，接着说："你说，这就是他张狼的不是了吧？"我们低声争论了起来，我认为是那条猎狗的不是。

"我对张狼有些看法了，再咋说，也不能动狼的崽啊！大人还不欺负孩子呢，作为猎人，这不道德！"我说。我们抬头看，黑屋子里看不见张狼的影子。"是啊！张狼是犯了大忌，所以，狼群来报复他，他家的猪就被咬死了。咬死了也不拖走，也不吃一口，就是为了让张狼看看狼的本事。如此看来，张狼也错了。"这是大男孩的大致评价。我又点头表示同意。我的眼睛一直盯着黑乎乎的房门，怕张狼听到，突然冲出来。"狼来吃猪，他家的狗呢？"我问。

"狗？你问对了！那天他正带着狗去了灵山打猎，狼多聪明，它们肯定是看见他和狗在灵山。所以，它们才绕过张狼，从雷家庄沟垴里一哄而下，咬死了他家的猪。一头大肥猪，准备过年的，可惜了，没等到过年，却被狼报销了！"大男孩不无遗憾地说。

我们远远坐在草垛下面的向阳处，我仿佛看到一群狼袭击肥猪的短暂场面：它们在那个月黑风高之夜潜入猪圈，猪自然还在酣眠。头狼一个眼神，三下五除二，猪还没来得及哼哼两声，就已经咽了气，猪圈里猪血肆流。实则，这群狼没动肥猪的一根毫毛，它们干净利落地干完了活，咬断了猪的喉咙和血管，转身消失。我想，这群狼在报复了张狼之后，头狼是多么自豪，闪烁着一双绿莹莹的眼睛，带领它的团队，飘然而去，最终站在灵山之巅，遥望着张狼回家。它们看到张狼站在麦场边缘的猪圈口，气急败坏地踢了两脚死猪，对着灵山咒骂："我要让你们知道我的厉害！"而这句话同样也是头狼想要告诉张狼的。张狼转动着身子，思谋着最好的报复手段。头狼的确没有想到张狼的厉害，这才落到今日的下场。

我想仔细研究狼的模样和狗的区别，还想看看张狼长啥样，他居然真的把狼活捉了来，也算是奇人。

正此时，一阵吵嚷声从坡下面传来，口号阵阵："打倒走资派！""打倒革命队伍里的野狼！""打倒梁林！"

我回头张望，一群人押着那个"背头"来了，背头的头顶是一面红旗，左右飘扬。很快，那支队伍出现在麦场上，领头的人身着军装，腰扎皮带，好像还挎着盒子枪套，不知道是空的还是实的。他挥手示意了一下，我发现枪套轻摆了一下，似乎是空的。队伍停下来。他对着张狼的三间黑屋高喊："张狼，你出来！我们也抓了一只狼，是隐藏在革命队伍里的一只恶狼。你把他和你这只狼一起看管好，别让跑了！"

这时候，张狼从那黑屋里出来了，阳光刺目，他的眼睛眯缝着，脸上的黑肉是竖着的，两道，一道在嘴边，另一轮在腮上，正如狼脸上的两条灰纹。他阴郁着脸，须发蓬乱，手搭凉棚，眼神凌厉，像狼的眼睛。他什么话也不说，几步走上前，站在那领队的前面，定定地看着。我们上前想看个究竟，似乎此刻应该发生什么事。那人转身指着背头，说："就是他，一定看管好！不能让他逃跑了！"张狼看了眼背头，眼神凌厉转变为温柔，他猛然伸出手，一把拉过了背头，说："走！"站在背头身后的两个民兵急忙松开了手，空挎着手，似乎失去了很重要的东西。他攥着那人的手，他们站在一起。我看到背头看了一眼张狼，又斜眼看了一眼狼，狼也正机警地看着背头，我感觉他们仨的眼神碰触在一起，仿佛彼此触摸到了对方。

那领队看着磨盘上面一小堆闪着光的豌豆，突然笑了，说："张狼，你行，叫狼给你磨豆子！现在叫磨啊，这狼不行，还有这只'狼'，哦，你们三只狼，刚好搭班子！"旁边的人哈哈直笑。

"张狼，你就是司令员！"那人笑着喊。

他身后的两个人又笑起来，笑声像磨盘上闪光的豆子。

　　磨盘上的豆子闪着锐利的光芒，像即将点燃的一堆小小的银弹。张狼正要转身走，听到那话，瞪着凌厉的眼睛，没有说一句话。

　　我们已经悄悄蹑摸到了那群人的旁边。我看清楚了，张狼长着一双三角眼，眼皮极厚，像山洞外的一层厚土，眼神暗藏着锋芒。背头的眼睛看着地面，灰暗无神，似乎极度疲乏的样子，头发凌乱，像狼毛乱爹。头发闪着银光，不知道是阳光映白了，还是本来就是白的。

　　张狼扭过头，看了一眼背头，背头跟着他走进了黑暗的屋门。

　　押着背头的那两个人将挎着的空手叉在腰上。领队没说什么，突然，他掏出手枪，缓缓举起来，对着那黑暗的门，许久，他扣下扳机，砰地开了一枪。

　　"汪——"大黄狗从门口扑过来，翘着尾巴，发出低沉的声音，底气十足。

　　我的心剧烈跳动，似乎要跳出嗓子眼，身子也随之跳了一下，三喜娃又一次拽住了我的胳膊。大男孩叫了一声，那巨大的磨盘訇然转了半圈，磨盘上的豆子被抖动了；狼从麦草丛中猛然飙起来，像一只老鹰的影子，霍然长啸一声，向着枪声响起的方向扑过去，被铁链从半空中拉下来。

　　"谁？"张狼已经单手举起猎枪，瞄准了那个开枪的领队，领队的食指穿过扳机护圈，手枪在太阳下旋转着，像一个小孩的风车在旋转，他嘎嘎笑着说："这狼的力气不小，还真能拉动磨盘！"

　　张狼站在门外，将狗链解开，却抓在手里。狗向前扑了又扑，低声吠叫，似乎在积蓄力量。前面那一声枪响之后，它已经明白了主人的心思，这下解开了铁链，它更是体悟到了张狼的用意。他向前走了两步，突然纵身跳起，狗也随之跳起，人狗先后轻飘飘落在了磨盘上。我看呆了，真正的好身手！包括狗在内。这时候，狗已经不再关注狼了，眼睛只盯着对面的人，狼也纵起身子，机敏的耳朵竖起，双眼发出锐利的光芒。

"娃们，快进屋，我要放狼——"张狼看着我们仨。

我们仨快速冲进了屋里，差点将立在门口的背头撞倒，只听见他啊一声，退了几步。我们顾不得背头，掉转身子，向外看去，张狼已经将拴狼的铁链哗啦啦解开，抓在手中，喊："你们走不走？"

他们将面对一条有主人的猎狗、一只狼和一个猎人，即便有枪，恐怕也不知道顾哪一个好了！我想，这下有好看的大戏了。暗自想象狼先奔出去，一口咬断领队的喉管，接着，狗已经死死咬住了其中一个民兵的脚踝，而另外一个必然倒在地上叩首求饶……

看热闹的人们叫喊着，哗然向山坡下连滚带爬跑下去，身后尘埃阵阵，只剩下领队和两个同来的人。那两人拉着领队的手说："头儿，走吧！"

"汪——汪汪——"，大黄狗有力地叫着。

领导说："连混迹在革命队伍里的狼我都不怕，还怕这畜生！张狼，我们不跟你玩了，你这里的畜生都归你管，哪个出了问题，你明天就上批斗台！说不定明天你的脖子上也是铁链，我们明天再见！走！"

两个民兵听到"走"这个字，立刻转身小跑走开，还一面回头说："张狼，赶紧拴住，有危险！"

张狼站在磨盘上，看着他们消失在尘埃飞扬的前方。

我们仨在门内拍手，拍手的时候听见身后有笑声，很沉的笑声。回头，见那背头坐在昏暗的炕沿上，看着我们，笑得正开心呢。

几个追随着那些人上来的孩子见张狼重新拴上了狼，又返回来。

张狼家门口围的人少了，看狼的还在，看背头的都走了。张狼进了门，我们就自觉出去了。

有人向狼扔去了一块石头，那狼一动不动，却低吼了一声，那沉重的磨盘快速旋转了一下，磨盘上的银弹也随之抖动了一下，把所有的人吓得退了半步。狼继而伏下头，一动不动了。

太阳在这磨盘的抖动和狼的低吼中已经偏西。

正是腊月的午后，张狼的黑屋子里很快冒出了香喷喷的清油味，接着传来刺刺啦啦的炒肉声，融进寒冷的空气中。我闻出了肉的味道，那味道像一缕神奇的彩色线条，挑逗我的味蕾，将我的胃一下掏空了，涎水顷刻涌满了我的嘴巴。为了避免被别人笑话，我急忙偏了一下头，将涎水咽下去。接着，我恶作剧地挠了一下三喜娃的腋窝，三喜娃的涎水便在笑声中喷出来，掉在胸前的衣襟上，没有喷出来的还挂在嘴角，这使他骂我的时候声音含混不清。

我问："张狼家还有肉啊！"

那男孩说："他是屠夫，谁家杀猪都差不了他，都要给他猪颈肉和臀尖肉。再说，他家的肥猪那么大的被咬死了，一百八十斤重呢！"

"张狼爸，吃些肉咯——"大男孩突然喊，他也是实在忍不住馋虫的怂恿了。低矮的黑屋子里没有回应。大男孩突然转身跑了，过了一会儿，他用一根棍子挑着什么来了，小心翼翼地，唯恐掉下来；到了近前，才发现他挑了一坨冻屎，金黄金黄的。我和三喜娃急忙捂上了口鼻，眼睛却盯着那坨屎。大男孩慢慢向狼靠近，我屏住呼吸，估计那狼会突然腾空而起，突然，屎坨从男孩手里的棍子上飘起来，在阳光下闪着光，飞落在那狼身边。狼一动不动，我和三喜娃大失所望。大男孩也有点失望地看了又看，最终无奈地掉转身说："狼不吃屎，没办法！它不像狗。"正此时，一声厉喝吓得我们和狼都几乎跳起来："不要命了！"那个"不"字非常沉重，像一块斗大的石头。张狼端着一个碟子，站在门口。

大男孩飞也似的消失在了阳光下。

张狼盯着那大男孩说："吃屎的货！"他端着一小碗肉，对我和三喜娃喊："来，娃们，吃！"三喜娃跑过去，张狼将小碗递给了他，说，"给你们尝些，野兔子肉。这肉香，吃了早点回家去。"我斜着眼看见背头在黑屋里端着碗，也蹲在地上吃肉。我俩很快吃完了肉，将那些味道悉数吸纳在口腔，装进肚子。我看见三喜娃的嘴边被油晕出了一圈，像涂了棒棒油，显得富足有余。我也自豪地舔了一下嘴唇。此后才注意到，狼的头低低的，伏在地面上，它闭着眼睛，像睡着了一般。我猜狼也馋得流涎水吧，但是它比大男孩要强多了，再馋也不吭一声。狗在一边叫了一声，我明白它也是馋极了，张狼没有理会它。

黄昏的阳光把张狼的那三间破房子染成了金色，就连同他的场院也涂上了金色。我们怕太阳下山后，路上会遇到狼，急急返家。临走前，还大着胆子，走近狼身边看了又看，那狼羞愧地躲在金黄的麦草里，不肯抬头，它肯定不愿意自己被这般羞辱和展览。它的样子和灵山上躺在荒草丛中的脊兽神似，像一个掉落尘埃的神物。我想，它必然也是来自另外一个世界。

次日，我们听说张狼昨晚就把那只狼给放了；也有人说，狼自己挣脱了铁链跑了。总之，狼走了。三喜娃反复在人面前炫耀我俩在张狼家里吃了狼肉！显得真实无比，自豪无比。我没有反驳，心想，那怎么是狼肉呢，是野兔子肉！别人问我，我也不回答，只是点点头。我的心里一直在惦记着那条狼。我想，也许什么时候遇上了它，它还记得我吧！值得庆幸的是，我们毕竟去看了一下，否则，再迟一天，这一生怕再也见不到野狼了。

再见到张狼是在我极度悲伤恐惧的时候，没想到张狼还有另外一个不为人知的绝招——他还会"化人"。

那时候，总觉得战争很快就会打响。三喜娃和我在对当时形势做了充分的预判之后，开始为随时可能发生的战争做准备，以防不测。我们做出的决策是挖一个属于我俩的地道，作为防空洞，防止飞机的轰炸。我俩趔摸了好久，将防空洞的地址选在了墩子壕下的崖湾里，不易被人发现，隐蔽。

事情发生在令人意想不到的时候。盛夏的一个傍晚，天空下起了罕见的冰雹，地上砸起了尘埃，当冰雹覆盖了地面，我手里最初那个鸽蛋大的冰雹还没有消融时，闪电如一道红色的长鞭从天上甩下来，将大地陡然打得通红，接着，一声炸雷，"咤唬——咤——"，我觉得那雷就在头顶炸裂，接着又如灵山上的黄石头疙瘩被炸裂了，正在从灵山上滚下来，轰轰隆隆——仿佛真是天界派来的龙王，从灵山的玉皇阁领了旨，调集千万条水龙，向山下涌动而来。

　　"妈呀！"二姐吓得大叫一声，跳进了西厢房，我也跳进了书房。妈在炕沿上趔趄着，抽着烟，她似乎根本没有在意天上的事。我坐在门槛上，看了妈一眼，再看门外的大暴雨，似乎是天神拿着巨大的盆子在向人间泼水。很快，天河响起了巨大的混响声，妈说："天河水响，洪水滔天。"

　　接着又是一道蓝色的长鞭，"咔——唬唬唬——"，雷声延宕着山里的回音。土腥味被压下，空气渐渐清新，雨点子越来越密，"咤唬——咤——"，又是一声接一声的雷声。这一次，从这声音来看，上天是要做些事情叫世人看了。雨点子落在地上，像一块块石头，打得地皮子噼噼啪啪响起来，地上很快起了水，淹了地面。

　　我坐在门槛上一声声吆喝："嗷哟——好，下得好！天爷天爷大大下，蒸下的馍馍车轱辘大！"

　　"轰轰隆隆——"，天上的雷声如战车滚滚而来，大有压倒一切的态势。

　　大姐停下手中的活计，也在门口巴望。

平地起水，水面上浮起了白色的冰雹，刚漂起来，被打下去；再漂起来，又被打下去。如此反复。后来，那些冰雹浮不起了，雨点子密密麻麻，水泡儿混迹浮起。

雨在泼。妈在书房门口的板凳上坐着，抽着烟，默默无语。

三个姐姐正在做饭，尕姐在烧火，二姐在和面，大姐在切菜。一顿饭还没有做熟，院内的水已经溢满了，小小的水洞没办法排水，我穿起雨靴，拿起一根长棍，向水洞里捅了半天，水才汩汩钻出去。

天很快暗下来，比平日暗得早。

饭熟了，往常这个时候，我都等不及了，因为我要去挖地道。今天，我耐心看着雨，端着碗，有一搭没一搭地吃着饭。等我吃完晚饭，天就完全黑下来了。雨很大，隔壁王婶婶的声音从外院传过来："黄婶婶——黄婶婶——"

妈妈应声："咋了？王婶婶——"

"这雨大得不行，要发洪水哩，我看。"王婶婶说。

"不怕，等一下再看。"妈妈在自家院子里安慰她。

果然，刚吃过饭，学校的广播响起来，是许校长的声音："社员同志们、同学们，请大家注意，请大家注意，洪水马上下来了，请大家全部向中川撤离，快快撤离！有危险，有危险！带好娃娃老人，快快撤离！"

广播关闭，寨子里的人们开始叫喊了。

妈妈说天河的水在响，洪水真来了！我们走出街门，雨还在下，比先前小了很多，我的确听见天上有洪水流淌的声音，在遥远的高高的天上，"轰隆隆——哗啦啦——"。

巷道里已经有人在喊："走啊——快走啊！"

左面是墩子壕里的洪水吼叫，右面是阴洼沟的水在咆哮，中间夹着岛一样的村庄，上游就是中川。

大路原本在墩子壕的边上，现在墩子壕里面灌满了洪水，无路可走。黑暗中的人群在喧哗的麦田里行走，身边青色的麦子掩住了我的肩膀。大姐的火把照亮了一圈麦田，二姐和尕姐搀着妈。青麦穗在凌乱的脚步声中左右摇晃，像一束束绿色的光芒闪耀着。脚下是污浊的黑泥水，我一脚深一脚浅地走着走着，想起了三喜娃，就喊："三喜娃——三喜娃！"

三喜娃在前面答应："家雀——我在前面！"

这些喊声引起了彼此亲戚和家人的呼叫，整个麦田里充盈着黑暗中的呼叫，让人心里少了恐惧，陡然生出诸多温暖。

三喜娃喊："我前面等你——家雀！"

"好啊——我就来了。"我回答。

我甩下妈妈和姐姐们，在泥沼里向三喜娃奔去。

孩子们尖声呼应着，声音的两边夹杂着洪流的巨响，北边是洪水，南边还是洪水。天上也是洪水，黑暗的洪水。

人们在恐惧中抵达只有一公里之遥的中川。

男男女女分别暂住在中川的各户人家，我和三喜娃这群孩子都被指派到了张狼家。张狼家就他一个男人，炕大，他又喜欢孩子。

"娃们，不要害怕，洪水明早就退了。"这天晚上的张狼和那天的张狼判若两人，他指着窗外轰然作响的黑暗，说："我夜观天象，午丑二宫，行限至此，无禄马吉星来解，主有水灾！这是上天提醒人间，啥事情都要有个尺度，不能胡来，知道吗？明早就好了，天也晴了，该干啥还是干啥！我给你们念个卷，禳解禳解，念完卷就睡觉。"

"好——好！"大家一起呼喊。

"张狼爸，你还会念卷？"我问。

"都是灵山祖师殿的解师父教我的。"张狼笑着说。

"哦，别忘了，我拢着了火，炉子里烧了土豆，等一会儿熟了，都吃些。"孩子们感激地看着张狼，听到烧土豆，舌头都快伸出来了。我见张狼凌厉的眼神在这一晚上温柔多了。

"念啥卷？张狼爸！"我问。

"就念《四姐卷》吧！"张狼说。

三喜娃扭头笑了一下，说："张狼爸，你就念《张狼卷》吧？"

张狼笑了，孩子们都笑了。我看见张狼的笑脸，在灯光如豆的煤油灯下，闪着油亮的光，像一个佛爷，很温暖。

"我哪来的《张狼卷》，只有《四姐卷》。等我张狼死了，谁有本事写一本《张狼卷》，你们再念吧！"张狼笑盈盈地说。

张狼下炕去请卷，他高大的身影在灯光下就像一座山，遮蔽了一切不幸和灾难。那身影晃动着，孩子们挪开了一条空隙，张狼下去了。昏暗中，张狼洗了手，从供桌上的木匣里取出卷本，将卷本献在供桌的正上方，上了一炷香，磕了一个头，再双手抱着卷本小心地上了炕。炕上大概有十二三个小孩子，地上有七八个半大小伙子。显然，这炕上睡不了这么多的孩子。

张狼高大的身躯再次遮蔽了屋内昏暗的光线。

张狼盘腿端坐，就像一尊菩萨像，坐定，昏暗的光自四面均匀散开，一缕香烟在昏暗中升腾。

"我们现在就开始念吧，你们不能睡着，都要接声啊！"张狼说，"谁不接声，菩萨就怪罪谁，听清了吧？"

"好！张狼爸。"孩子们从没像这个晚上一样听话。

我心想，爹曾经说过，念卷就是消灾修业，这是积上等福的事情。如今，洪水这么大，念卷就是念经，菩萨肯定会保佑的。

"哦，《四姐卷》叫人请走了，念《康熙私访山东卷》吧！"张狼说完，开始念了——

> 自三皇之下，圣君迭出；五帝之后，教化大行，统历代之功，君臣不二。安邦定国，古今辅弼同然。唯我国朝廷圣祖仁德，皇帝丕承，鸿基中外一统，君仁臣忠，斯称盛世……
>
> 康熙年间，山东六府大遇荒旱，民不聊生，老者死于庄壑，壮者散于四方，饥寒交迫，困苦难堪，万民抱男携女，赴衙乞粮者不少，又乞各处恩官……

长长的一段之后，张狼开始唱了，唱一句，所有的少年朗朗接声——南无阿弥陀佛呀——

正是：

大人哎上书哎救万民——南无阿弥陀佛呀——

百姓哎再三哎不依从——南无阿弥陀佛呀——

王大人坐公堂开言告禀——南无阿弥陀佛呀——

康熙王并无一句批准——南无阿弥陀佛呀——

我今日为你们连奏几本——南无阿弥陀佛呀——

叫一声众百姓你们细听——南无阿弥陀佛呀——

多怕是朝里的奸臣压本——南无阿弥陀佛呀——

有道的皇王爷不得知情——南无阿弥陀佛呀——

康熙王无有旨六部无文——南无阿弥陀佛呀——

你们的父母官怎救你们——南无阿弥陀佛呀——

到明天我要去自上北京——南无阿弥陀佛呀——

要与那施大人商量一定——南无阿弥陀佛呀——

施大人领我去当殿奏本——南无阿弥陀佛呀——

见了主替你们细说分明——南无阿弥陀佛呀——

康熙王他本是有道明君——南无阿弥陀佛呀——

他必然发仓粮赈济安民——南无阿弥陀佛呀——

众百姓各回家安守本分——南无阿弥陀佛呀——

领回粮那时节搭救你们——南无阿弥陀佛呀——

……

香火中，孩子们不再害怕，虽然半懂不懂宝卷的具体内容，但他们心中明白，这宝卷就是劝化人心的，善行甚于一切。

在一阵唱念之后，张狼喝了一口老茯茶，接着又开始念一段长长的叙述。其间有几个睡着了，有的打出了鼾声。黑暗里，有人笑了，捣了睡觉者一拳。睡觉者猛然惊醒，独自喊唱了一声："南无阿弥陀佛呀。"打断了张狼的念词，全场哄笑。那少年羞怯地发现自己做了荒唐事，还没有到唱的时候，自己却唱了，慌忙挠着头。谁也看不清他通红的脸。我没有半点睡意，跟得很好，唱得也很响亮。心里一直惦记着那只狼的事儿，总想得空问问张狼，那只头狼咋样了。这下总算是机会来了，在他笑那个睡觉的少年的时候，我悄声问："张狼爸，那只头狼呢？"

"放了，我只是教化它，人畜一理，我是替它消孽哩！"张狼温柔地盯着我的眼睛说。

三喜娃说："放了它，它要是再吃人呢？"

"不会了，狼也有灵性，绝对不会。我在山上还见过它，它再也没有害过人畜。"张狼说着，抬眼看了看黑乎乎的窗外，似乎窗外有头狼温驯的身影。

我眼前闪现出那只头狼孤独地站在灵山的一道山岭上，远远温驯地看着张狼，张狼也远远地看着头狼，他们隔空相视良久，正是彼此问候和心灵拥抱的一种方式。

我又想起了"狼从窗台上过"这句话，便问："那它吃啥？"

"修成神仙就不需要吃东西了。"张狼说。

我就相信神了。三喜娃也扑闪着眼睛，似乎也懂了信了。

过了一会儿，张狼又开始唱，昏睡的孩子们又醒了，跟着唱，唱声长短不一，有些错乱，就像一把香，有的烧得快，有的烧得慢。

唱完，张狼说："娃们，土豆熟了，快从炉子里取出来，谁都吃些，再念。"

几个孩子早就围在火炉边，闻着土豆一缕一缕的熟香，急忙挑开炉盖，从铁圈下取出了一个又一个拳头大小的土豆，一个传一个，每个孩子都掰了一半，剥着皮，烫得直叫唤。我接过半个土豆，给张狼，张狼说他晚上不吃东西。

吃完了土豆，张狼说："家雀，你念一阵，我缓一缓！"

我有些怯，如此庄严，我怀疑自己难担此重任。张狼已经很信任地把卷本塞进我手里。我看着张狼脸上那两道凌厉的肉棱闪着信任的光，我接在手上，抱着宝卷，看了半天，基本明白了一些字，有个别不认识的，也就混着念了下去。

一开始，我也是学着张狼的口气，有起有伏，有停顿，有叹息，却不比张狼，没有解释。而对于这些少年而言，我得到的是最高礼遇，小小年纪就能念卷，的确稀罕。

众百姓把大人公堂围定——阿弥陀佛呀——
乞放些本仓粮救济性命——南无阿弥陀佛呀——

王大人听民言自嗟自叹——阿弥陀佛呀——

众百姓饥饿的真好苦难——南无阿弥陀佛呀——

山东的六府地大造荒旱——阿弥陀佛呀——

各仓口也无有积蓄粮食——南无阿弥陀佛呀——

唯有那济南县仓粮查验——阿弥陀佛呀——

知县官他详说不上万担——南无阿弥陀佛呀——

……

渐渐地，周围失眠的人们都来听卷了；后来，有的瞌睡极了，又悄悄走了。我念了一阵，张狼说："缓下，娃！去上炷香！磕上个头！"我将卷本交到张狼宽厚的手上，下炕去，点了一炷香，磕了一个头，站起身来，又学着张狼作了个揖。再上炕，继续接声。

最后，所有的人都睡去了，唯一老一少，一唱一和，张狼一会儿喝口浓酽的老茯茶，一会儿提起烟锅子，抽一口旱烟，直至念完了《康熙私访山东卷》，鸡已经叫了头遍。

次日晨，我是被其他孩子的嬉笑声吵醒的，睁开眼睛，见几人懒懒地斜躺横卧着，有的枕着别人的脚巴骨，有的抱着他人的臭脚，有的钻在别人的屁股后面，像小舟泊在港湾，经一夜浪潮拍抚，散卧未醒。

张狼端坐在炕沿，笑眯眯地看着我，见我醒来，说："嗯，天亮了，也晴了，都起来吧。回去看看，家里的房子漏了没有，看看田地被淹了多少，庄稼损失大小。都要小心啊，洪水之后，千万小心泥沼，那是要人命的！见了泥沼，先戳个棍子试探一下，别陷进去！天热了，还要防着，不要去凫澡儿，水坑底下都是淤泥，不知道深浅，进去就出不来了！记住啊！"有的孩子睁着眼睛在听，身子还躺在炕上。张狼又说了声："快起吧，起来回家去！"

我胳肢了三喜娃腋窝一把，他笑出声来。别的孩子也相互胳肢着腋窝，闹哄了一阵，像一阵风刮出去了。

出门前，我像告别老师一样，给张狼鞠了一躬！张狼摸了摸我的头顶，我抬头看了张狼一眼，转身走了。

遍地泥泞，路面上是大大小小的水坑，中川两边的河道里还有洪水在淌，也不小，如褐色泥浆一般。

"家雀哎——"是三姐的喊声。在村口。

那声音之上，是南山；南山之上，灵山的头上还戴着一顶白帽子，一团雾气未散，像一片祥云，在朝阳里散发出五彩的光芒。

我答应着，在泥泞的巷道里跑，三喜娃在身后。我们沿着墩子壕的老路走，墩子壕里的洪水还在流淌，像一股泥浆，只是水位降了很多。人们这才看清楚，昨夜里的墩子壕水都满了，差点溢了，壕两边被冲得土崖峭立。

老路多半被洪水冲垮了，不远处的麦田深处，有一道深深的沟槽，像一道鞭痕——这是昨夜人们慌不择路，踏出来的一条小径，今天谁也没有走。

快到下川的寨子了，三喜娃拽住我的胳膊低声喊："家雀——家雀——看啊！"三喜娃指着我们的防空洞，才发现防空洞边的土崖被冲塌了一截，那防空洞空悬在半崖上，赤裸裸地挂着，像一只空洞的独眼张望着天空。

"哎呀——涝坝水放了！"我合掌叹息，"过两天我们挖个梯子下去，正好这两天土软，好挖！"

"嗯——趁势挖进去！"三喜娃很心疼我俩的劳动被毁于一旦。

大人们的脚步要快得多，都在担心家里的情况！无论如何，水没有冲进寨子，这已经是不幸中的万幸了。

孰料次日晨，一阵惊天动地的哭声从墩子壕传来，村上的人疯狂地向哭声冲去，我紧随其后，路上听到有人说，崖上的土塌下来把三喜娃压死了。

三喜娃的妈呼天抢地地哭叫着，从墩子壕的土崖上扑下去，带着一股浮尘，扑倒在三喜娃身上，抓着三喜娃的手不断摇动，撕心裂肺地喊叫："啊……我的娃，你咋就这么傻啊……"

我妈紧随其后，也伏在三喜娃妈的身边哀号；起先，我也听得出来妈是在陪哭，哭着哭着，妈的哭声中散发出一股真切的悲伤，声音呜咽。我原本也是站在一边，愣着，突然听到妈妈的悲号，内心的悲伤一下涌上来，大叫一声："三喜娃——"三喜娃妈一声声"我的心肝""我心上的肉"等哭词，惹得周围原本站着的女人们也趴在地上，高一声低一声地哭叫起来。

一股沉重的气息弥漫开来，笼罩着下川。

忽然，人群散开，有人愤愤地喊着："快快挪开，号啥！"我挪开身，看见不远处，墩子壕的路上，三个人围着身体宽壮的张狼从中川来了，虽然是夏天，张狼依旧敞怀穿着羊皮袄。

到了近处，他瞪着凌厉的眼睛说："把娃们使得远远的，不能看，不干净，沾上就洗不掉。快走，家雀，走远些！"

我无奈离开，上了寨子墙，从高处目光呆滞地看着三喜娃，墩子壕一直在我的视野当中，张狼和一些人一直在我的眼睛里挪动，像梦中的影子。

太阳一竿子高的时候，三喜娃的脸上苫了一块赤红的布。三喜娃妈给他换了一双新鞋，换了一身新衣服。他像陌生人一样，躺在壕里，硬邦邦的。三喜娃妈趴在他身边哭，最后哭得昏死了过去，被人抬回了家。

寨子里尕姐在喊我，二姐也在喊我，我不答应；妈妈喊我，我也不答应；我趴在寨子墙上，呆呆地看着墩子壕里平躺着的三喜娃。我看着墩子壕，直到太阳落山。

夜幕降临，黑暗首先覆盖了墩子壕。三喜娃的身边点起了一堆火，那堆火缓缓将天上的余光冲淡了，消失了。在夜幕下，三喜娃被驮在了一头黑驴身上，那头驴就像一个神物，身后跟着几个人和一团飘忽的火光，在夜色中缓缓挪出了墩子壕。我看着那团火慢慢向前移动，才知道三喜娃也跟着走了，我像从梦中惊醒一般，喊了一声"三喜娃——"，随后向阴洼沟方向的那团火跑去。尕喜娃在我身后喘着气追，他才八岁，却显得不顾一切。三喜娃是他哥哥，他是三喜娃二叔的孩子。三喜娃的小叔此刻正跟着那头黑驴和张狼，在沟底下的黑暗中疾疾行走。

我俩跑一阵走一会儿，一直没有停息，到了阴洼梁，横趴在斜坡上，看沟底下的人隐隐约约在向前挪移。

"砰——"过了好一会儿，突然，一堆巨大的火在沟底爆裂似的烧起来。

三喜娃正在那火堆上！

火光中，我看见三喜娃似乎在跳舞，身子无比柔软；又似乎正在灵山上，扯着嗓子叫我，可是没有声音。三喜娃似乎在阴洼沟的天空上看着那堆火，飘过来飘过去，像一只盘旋的老鹰。三喜娃真的死了。此时此刻，他在我心中的样子竟然不像从前了，他跳着舞，扭着秧歌，摆着手，像在唱大戏一般！他身体扭曲，动作乖张，只是没有声音，他的歪七扭八的动作，让我觉得他在阴间会很孤独。我想，他在阴间应该慌张极了！

三喜娃说走就走了。也许，他现在正朝着灵山方向爬行。唉，与其那样，应该叫我俩在一起多好，一起死了，一起去灵山，在路上还可以摘果子吃呢。这时候，在我的意识中他的牙龈是蓝色的，舌头也是蓝色的，张开嘴巴，有一种味道，阴森森的味道弥漫在山脊和山下。我感觉自己也是蓝色的人了，融入黑暗，比黑暗还沉重。

深夜，我看着三喜娃在夜色里被架上柴垛，烧得噼啪作响，一轮高过一轮的火焰将他的每一块肉都变成了红色的火焰，像一个巨大的红舌头，舔舐着黑色的天空！还有蓝色的火焰、黄色的火焰，这是他不同部位变出的颜色。

火焰渐渐熄下来。

张狼在山下高喊：

尘归尘，土归土

造化归造化

莫恋盼，莫恋盼

去吧，黄泉路上找你的脚镫

修个好来世

快快去，莫回头

佛爷等你去牵马坠镫

黄泉路上莫回头

走了……走了

了了……了了

我高声哭叫了三声："三喜娃——三喜娃啊——三喜娃——"

我跟跟跄跄，像着了疯魔一般，尕喜娃陪我回到家。一进门，妈妈问我干啥去了，我泪流满面地歪着脖子说："我送三喜娃去了！"

"在哪里？"妈怯怯地问。

"死娃娃沟里。"我拭着眼泪。

次日，我独自上了阴洼梁，我知道三喜娃会很孤独，像一只在大山深处飞不起来的鸟，或者是独自胡飞乱撞的鸟。喘着气，我在阳光下看到那片黑黑的地面像写了一个字，一个独独的字，认不出来。这个字就属于他三喜娃。

正在我胡思乱想之际，我看见张狼一个人背着一捆柴蹁蹁从沟口来到这块焦黑的地边，身后跟着那条黄狗，像一个黄色的影子。他放下柴火，将柴火一根一根缓缓地插在那块地周围，渐渐围成了一个圈，又在圈内扔了一些散柴，算是覆盖了那块地。最后，他在那道围栏的边上系上了红色的布条，布条在孤独地飘。

张狼正要离开围栏的时候，我看见一只火蛋鸟扇着暗红的翅膀缓缓落下，独独落在那围栏的一根枯棍上，寂寞无比，鸣啭不已。

我始终糊涂，张狼和那只火蛋鸟是为了什么？

我回家问妈妈："怎么是张狼火化了三喜娃？他不是猎人吗？""数遍中下川，无儿无女无家室，还能有谁呢？这事情也就只能由他做了。"妈妈长叹一声说。

"他还在火化了三喜娃的地方围了一道围栏，不知道干啥？"我说，像自言自语。

"他是惜娃娃哩！惜娃娃哩——"妈妈吸溜着鼻子说。

我才想起来，他无儿无女，自然惜娃娃。我当时想，我长大了，他也就老了，到时候我一定要帮他哩，替他送终没问题哩，就像他对待三喜娃一样。想法自然是幼稚的，世事也难料，我们家很快搬出了山区，到了井灌区。我开始在山外面上学，上学一去难返下川，初中、高中、大学，加起来已经十年，离下川越来越远。再后来工作，离下川更远。只是成人后才懂得想事儿，后来断断续续才知道张狼此后的一些境况。

背头后来平反了，做了行署领导，据说要将张狼接到行署去做

厨师，张狼无论如何也不去。人们都在抱怨：天上下纱帽，人都争着伸出头！这么好的机会，不去，就是一只倔狼。他说："一个猎人进了城，连一只兔子都不见，活活急死个人；再说，人家领导的心是实心，当厨师也好，要是哪一天领导走了，我难道喝西北风去？命就是这命，得认命啊！不该吃的饭不能吃，也吃不得。"不过，话虽这么说，自从背头被批斗，次日他放了那只头狼之后，张狼再也没有猎过狼。

据说后来有一次，他去打猎，晚上住在一个山洞里（是他常住的山洞），孰料，他刚进山洞，一头花斑豹正好冲出来，情急之下，他张开粗壮的双臂，迎面将那头豹子死死抱在怀里，花斑豹也在情急之下，展开四肢抱住了他，人豹相拥，他将头躲在豹子的颈后，谁也奈何不了谁，谁也没有要谁的命。

据说，那豹子就是他拴在磨盘上的那只狼转世的，是给张狼捎话来了，它修成正果了。人豹相持，谁也没有松开，僵持了半晚上，最终还是张狼先松开了手，豹子也松开了爪子，踉踉跄跄出了山洞，消失了。

张狼瘫在地上，在山洞里睡了一天，醒来后，他发现自己皮袄的后背居然完好无损，那头豹子就没动他一爪。他抱着皮袄，呆坐了半天后，出了洞，也不回家，径直去了灵山祖师殿，拜了解道士为师，过起了青灯黄卷的日子。

刊发于《小说月报·原创版》2018年第2期

家　雀

一

麦子进了仓，庄稼人就闲了。

秋田长得正好，尤其是谷子。谷穗饱满，压弯了苗条的秸秆。

这时候，麻雀来了。成群结队，叫唤着，叽叽喳喳，像一群进城赶集的女人，它们从容自如地来到地头，哗啦啦落下来，那尖细而小巧的爪子踩上谷穗，扇动着小巧的翅膀，张开黑色的嘴巴，迅速地啄开谷穗儿。这招摇的情景惹恼了赵奎儿。

赵奎儿是谁？红柳湾的队长。红柳湾天上飞的、地上走的、炕上睡的，他都管，自然包括麻雀。那天下午，赵奎儿用两根长杆子拉着黑乎乎的尼龙网，招摇无比地走上地头。朱二的小儿子朱尕兔首先发现了这奇怪的情形：这黑乎乎的家什是整个鸡爪子滩少见的，在红柳湾也是第一次见，赵队长扛着它去干啥呢？赵奎儿矬胖壮实的身后还跟着他缩影一样的两个儿子。两个小家伙一边走，一边喊叫："网雀娃子走——网雀娃子走——"这叫喊对于朱二的机灵鬼儿子来说，诱惑力大得惊人，他远远跟在后面，想看个究竟，还是被赵奎儿看见了。赵奎儿装作没看见。到了地边上，他将那招摇的黑网子压在田埂子下，人也伏在田埂子下，而他的两个儿子却踮着脚向另一边绕过去，接着消失了。

朱尕兔伏在远处田埂下，看着他们父子的神秘举动，心里奇痒难当，他抻长脖子，想弄清究竟。突然，赵奎儿的两个儿子猛然跳起来，"嗨——"吼叫一声。随之，地头的麻雀呼地一下飞起来，像一缕炊烟，麻雀队伍飞向之处，黑网张开。在一阵叽叽喳喳的喊叫和碰撞之后，黑网颤抖并迅疾合上。两个儿子亢奋地叫喊着，向那张网和他们的"英雄"爹扑过去。

朱尕兔顾不上隐蔽了，拔腿向那张网跑去，似乎那黑网是一块巨大的磁石，将他吸引了过去。他看见赵奎儿父子三人围在被网住的喳喳乱叫蹦跶不已的麻雀边，不断伸手将一只只麻雀捉出来，丢进了尼龙袋子；那黑网子像一张魔术毯子一样晃动着，鼓荡着，叫喊着，将朱尕兔的神经撕扯牵引，他猛然间呆呆地立在原地不动了，他感觉这是人间最神奇的场景。接着，他的脚步又不听使唤地挪动，向那张神奇的巨网靠近。他看见那三双幸福的手不停地将麻雀装进袋子，那袋子也开始像装进了水一样晃荡起来。他觉得赵奎儿太伟大了，这种伟大远远胜过他爹。他爹只能让那二胡唱出歌儿来，咿咿呀呀的，他不喜欢，甚至讨厌，正如赵奎儿说的，那声音会招来鬼的，因此他常常梦见鬼。而赵奎儿居然能将那飞在天上的雀儿装进自家的袋子，那才叫本事。

朱尕兔不知不觉将那不听使唤的小身子挪到了赵奎儿的身后，将无比崇拜的眼神投给了赵奎儿。赵奎儿已经将所有的麻雀装进了袋子，两个才上小学的儿子围着胜利的战果，兴奋地攥着袋子口。赵奎儿没顾上多看朱尕兔，只是瞟了他一眼，接着，迅速将袋子口扎上，拍了拍双手，自豪地说："背回家里，让你妈烧一锅水，烫了，炒着吃！"朱尕兔的涎水从嘴里流出来，他急忙咽下去。两个儿子背着半袋子麻雀，自豪地看着朱尕兔，从田埂子上走出去。朱尕兔站在赵奎儿的身边，想要说什么，却没有说出来。

赵奎儿看了一眼朱尕兔，从口袋里掏出了一沓子卷烟纸条，抽出一张，又拿出一撮烟末子，开始卷烟。恰好此时，一根纸烟递到了赵奎儿的面前，同时还有一句让赵奎儿意想不到的话飘进了他的耳朵："赵队长，烟！"赵奎儿有些吃惊地看了一眼朱尕兔，龇开了牙，笑出了声："嘿嘿——你娃子也鬼！"

点了烟，赵奎儿笑开了："狗日的，还有烟？偷你爹的吧？"

朱尕兔的脸有点烧，也笑了，露出了酒窝："赵爸爸，你厉害！"这句话将赵奎儿原本要教训朱尕兔的想法彻底击败了！

"狗日的，懂不懂？麻雀儿壮阳！"赵奎儿诡秘地说。朱尕兔蒙在那里，不知道赵奎儿话里的意思："啥？"赵奎儿消停地吸了一口烟，又将那烟吐出来，那股子白烟被纯净透明的蓝天吞没了。"来——过来。"朱尕兔挪了挪屁股，坐在了赵奎儿的身边。赵奎儿突然抓住朱尕兔的下身，说："你这小鸡鸡，胀过没有？"朱尕兔的脸突然红了，挣扎着推开了赵奎儿的手。

刚才看到他们父子三个之前，他还躺在地上，将自己"十六岁"的小鸡鸡从裤裆里掏出来，在阳光下偷偷地摆弄呢。赵奎儿怎么突然问这样的问题呢？赵奎儿将嘴贴在朱尕兔的脸上说："吃了这东西……"朱尕兔的脸在赵奎儿的嘴边上腾地红了。

"不信啊？狗日的，你试一试就知道了！网子给你留下，你娃子玩去，完了给我抬回家！麻雀儿烧着吃也香——"赵奎儿起身，拍了拍尻子后面的两坨子土，吸着朱尕兔给他的烟走了。

朱尕兔看着眼前这神奇的网子，不由得兴奋起来。可是这活不是一个人能干的，得找个人。朱尕兔站起身，看见芦小玲挎着筐子，走在不远处的地头上。想起赵奎儿给他说的话，他心里猛地跳动了一下。犹豫再三，他还是喊了一声："小玲，来——"

芦小玲摆动着花格子布衣裳，说："咋哩？"

"你来，好事——"

"不来，我还去给猪铲草哩。"

朱尕兔拉起黑乎乎的网子，摆了摆，像摆动着一杆旗帜。芦小玲的眼睛被那黑乎乎的网子吸引住了，她不由得向这边走来。朱尕兔神秘地说："你到田埂子那边，看——那边不是雀儿多嘛，你悄悄过去，然后把雀儿惊起来就行了，你看我咋整吧！"

芦小玲感觉很神奇，笑了笑，说："你就等着吧，看你还能用脚腕走路！"芦小玲悄悄猫着腰过去了，一群麻雀正在地里叽叽喳喳谈论着什么。朱尕兔将网子拉到了地边，单等着芦小玲的呼声，当他听到芦小玲"啊"的一声，便猛然拉开网子，大多数麻雀拧着身子飞过了黑网，但有两只没有拧转过头的家伙钻进了黑网。

"哈哈哈——"朱尕兔俯下身子，看着网子里面两只没命扑棱的麻雀，向芦小玲喊："快来看这是啥家伙！"

芦小玲跑过来，远远看着朱尕兔手里攥着一只吱吱叫喊着的麻雀，羡慕地笑了。她将两条小辫子甩了一下，说："给我一只。"朱尕兔大方地把手伸出去。

二

当天晚上吃完饭，赵奎儿站在单家门口，用命令的语气喊："老单哥，黑里十二点来接水。"这是一个队长必备的口气。老单正在吃烟，吭吭咳嗽着说："进来，赵队长！""不进了，我去地里看一下。"赵奎儿走了，单家雀似乎听到了他有力的脚步声。

那一年，家雀刚刚高中毕业，也刚懂事，知道这是灌秋茬，说："爹，今晚上我去。"

晚上十一点，家雀扛着铁锨，走出了沉睡的村庄，在浓郁的夜色里缓缓向地里走去，家雀走得很轻，怕惊醒睡觉的狗，以免半夜三更在庄子里乱叫一通。家雀的脚步声只有他爹妈能够听到，不论他走多远，不论他走向哪里，或轻或重，或疾或徐。

走到离地头不远的地方，听见赵奎儿说："这水小得很，走，我们到斗口看一看，我拿着摇把子哩。"斗口就是从大渠分水的口子，水的大小是由口子上水闸的高低决定的。而摇把子正是控制水闸高低的唯一工具。家雀听了这话，停下了脚步，心里暗想：这家伙，提着摇把子，估计要提闸偷水！这把便宜占大了。

"行不行？不要让水管所的人发现了。"一个女人的声音。家雀听得出来，那声音正是老芦的妻子哈小凤。老芦咋没有来，叫女人来浇水！家雀心里怪罪老芦，眼睛盯着前面。黑夜中看不见人，只能听见那声音从毛渠边上传出来。有几丛发着黑光的胡麻，涌动出一股浓郁的生麻籽香味。中间还有几棵高大的白杨树，叶子没有动，在暗夜里像一个高大的男人，下面胡麻丛就像站在大人身边的小娃娃。

"走，你怕啥？人发现了是我队长的事，省一个是一个。"赵奎儿说。家雀心里明白这是去偷水，他们真的是去偷水！

老芦家的跟在后面走出地，两个人沿着水渠逆流走上去，把浓郁的夜搅开了一条线。

"老芦去哪里了？"赵奎儿的声音。

老芦家的说："能去哪里？还不是后套嘛。"

"老家在后套，活不愁。工价咋样？"

"小工一天三十，大工好着哩，一天六十。他就是个小工。"

"也好着哩，一月也有九百多哩！"

"将就吧，就这命。"

家雀远远地悄悄跟着，没有打扰夜的寂静。

走到了斗口，赵奎儿打开了灯，哗啦啦水流淌的声音大起来，生动活泼，像生命在跳跃。家雀喜欢这水流的声音。他知道只要这水流进地里，庄稼就成了。谁都喜欢水，这水就是钱，更是粮食，没人不喜欢钱和粮。那灯在斗口低处打了一下，关掉了。那水声大了一些。家雀知道他们把水放大了，这可要省好多的钱哩！

家雀缩下身子，感觉自己在做贼，心跳得厉害。

两个黑影子飘移过来了，向家雀缩着身子的地方走来。

"往这边走，不要让人听见了。"赵奎儿的声音。

"嗯。"老芦家的跟着赵奎儿走。

家雀听着那声音越来越近，慢慢看见两个人影了，就在离他只有十步远的地方，听见老芦家的声音："做啥哩——不要乱摸——"

"我做一下，今儿个吃了十只麻雀儿。"赵奎儿急促的声音。

"不要——你——我喊哩——"

"别喊——你试一下，我这好——嘿嘿——"赵奎儿的声音。

家雀趴在胡麻丛里，心快要跳出来了，他知道这是咋回事，虽然自己还没有干过这事，但是他明白。他浑身燥热，下面突然涌出不可遏制的冲动。在火热的抑制中，他看见老芦家的似乎被赵奎儿压倒在不远处，老芦家的拉着哭腔说："你饶了我吧，饶了我吧！"

两个黑影子在黑暗中窸窸窣窣。

一个白色的半圆开始扭动。

"我喊哩——喊哩——救人——呜呜呜——啊——"老芦家的嘴似乎被堵上了。

"喊啥——叫人听见了，偷水的罚款你出？"赵奎儿压住声音，瓷实地低喊。

家雀心里慌得紧，不知道要干什么，想要跳起来喊一声，可是自己的嗓子眼里干得冒火，想想赵奎儿那小牛犊子一样的身板，他似乎有点怕，这样一想，又感觉自己太窝囊胆小，太没出息，这是赵奎儿这畜生在欺负人哪！突然，他脑子开窍，抡起铁锨向远处的水泥渠甩去，那铁锨闪着寒光，从赵奎儿的头顶上划过去，在夜空里抡出了一道闪电。咣啷——铁锨落在水泥渠边，那声音像一声呵斥。

不远处的声音突然停下来，瞬间，老芦家的从地上翻起身来，低声哭着，一边窸窸窣窣收拾衣服，同时顺着田埂子向下面走去。

赵奎儿则没有动，他在地上安静地躺了一会儿，似乎在倾听，在判断，在想下面该怎么办，半天没有听到任何动静，他突然翻起身来，快步向渠头上走去。

家雀在离他不远的地方张大了嘴巴，长长舒了一口气，他似乎能看到那口气将黑夜的浓度消融了许多，他的心里亮堂了许多。等到赵奎儿走远了，他才站起身来，起身的当儿里，才感觉双腿被自己压得麻麻的，几乎失去了知觉，接着酸溜溜的，双腿里面像装满了熏醋，抖索了半天才缓过劲来。他走到渠边上，找到了铁锨，又走进了胡麻浓密的地埂子上，这时候，他又不知道去哪里好了。去地里吧，怕老芦家的发现，让她难堪；去渠头上吧，又怕碰到赵奎儿，如果被赵奎儿知道是他看见了这一幕，还不知道这货要干出什么事儿来；索性就到渠头上，把他提闸抓个现行，看他咋说？也不行，等他上去，赵奎儿肯定把闸门已经降下来了。他只好悄悄走回村子边，钻进一片谷子地里的畦埂子上，坐下。

家雀听见赵奎儿也很快从大路上下去回庄子了。半天，他听见赵奎儿在庄子里喊："老单哥——老单！接水去——"

夜像一瓶浓墨，稠得很。

家雀没有听清他爹说了什么，他担心爹说错了话，那就糟了，那就让赵奎儿知道今晚的事是谁搅黄的。

他将手电筒低低地压在电子表表面上，看时间是晚上的十一点半，时间在今天夜里像长了腿在跑，真是奇怪，就像自己在晚自习做一道难啃的数学题，不知不觉一个小时就过去了。

家雀从地埂子上爬起来，感觉腿酸得难受，他扭动了几下，才走到了大路上。这时候，他听到老芦家的喊："家雀，快来接水——"

家雀在暗夜里笑了笑，他感觉到自己脸上的肌肉被拉开了。他知道这是老芦家的听到了动静才喊他的，他没有应答，只是放开了脚步，掷地有声地向地里走去。他感觉自己今晚干了一件很好的事，他对得起老芦，至少。

由于水被赵奎儿放大了，老芦家的地浇得很快，起码节约了半小时，那就是四十块钱哩！

家雀到了地头，老芦家的已经把水放进家雀家的地里了，老芦家的还在家雀家的地头上护着坝："家雀，水我已经打到地里了，你把时间看好，你看看表，这会子是几点？"老芦家的见家雀来了，远远说道。

家雀看了看表，正是十一点三十五分，便说了时间。

老芦家的说："就按照这个时间吧，给，这是水本子，记上。"水本子是浇水的时候记上下家接水时间的本子。每个下家记上接水的时间，最后交给队长，统计每家的浇水时间，再按照浇水时间收水费。

家雀打开水本子，要在上面记，却又停住了。

原本，从上家的坝头上掘开水的时间就算下家的了。老芦家的这么算，显然是家雀占了便宜，家雀反倒不好说了："嫂子，接水的时间是几点就按几点算，哪有这么算的。"

老芦家的说："再不说了，我们两家不像别人家，干啥哩？就听我的。"

家雀也不再说啥，心想：反正今晚算我救了你，这也是应该的。又说了句："嫂子，你回吧，老芦哥不在家，你早点回，还有小玲呢。"

老芦家的听了这话，杵了半天，说："家雀，你考大学肯定没问题吧，到时候，嫂子一定好好送你。快些往外面奔，吃个公家饭多好，再不要像我们一样，活的个啥人哪！"

家雀听得出老芦家的嗓子里有些噎，那声音在暗夜里更沉了，像一块锈铁。

三

家雀浇完水，已经一点多了。和雷五交接完毕，回到村里，专门绕到他家院子后面解了手。见老芦家灯还亮着，家雀知道老芦家的肯定难以入睡，差点被人欺负了，咋咽下这口气啊！他从那灯光可以判断，那是十五瓦灯泡子。庄子上多数的人家都是这个瓦数，黄澄澄的，在这样的灯光下，人最容易瞌睡。老芦家的却怎么也睡不着。

家雀进了家门，灯也是亮的。他知道这是妈专门开着灯在等他。进了屋，妈就给他端来了荷包蛋。他低头吃着，他妈在一边看着。唠叨了一阵浇水的事。家雀妈知道儿子长大了，家雀也知道自己的妈在担心他的高考，但是从学校回家来的好几天里，她从来没有当着儿子的面提过一个关于高考的字眼。家雀劝妈去睡觉，自己却怎么也睡不着。他的脑子里满是那些黑乎乎的画面：那扭动的白色半圆，那好闻的生麻籽味道，那哗哗的流水，那飞旋的铁锨……他不知道那老芦的女人究竟为啥不大喊大叫，之后却还悄悄地走了。另外，家雀也在担心自己高考的事，如果考不上，自己将来也面临着这样的生活。他甚至担心自己将来怎么面对这样的日子，自己将来娶了媳妇，可不敢留在家里，遇上赵奎儿这样的人，真是可怕极了。想来想去，他失眠了，眼巴巴地看着窗外一弯月亮升起来，挂在屋外的天空，澄净而明朗。

早上六点，他条件反射似的从炕上弹起来，这是他上高中时的习惯，从来就是这样，也不用闹钟提醒，身体准时就将他从睡梦里扯起来，坐在床上。天还算早，庄稼人也没有这么早起的，只是老爹已经起来，早早去地头溜达了，妈还没有去厨房。

家雀又躺下身子，睡去了。家雀一觉睡醒，已经是上午的十一点多。屋外亮堂堂的，洒满了和煦的阳光，甚至有温暖的阳光的味道钻进了屋里，他坐起身来，又似乎还在梦里。他梦见的似乎是老芦家的，又似乎是一个女同学，黏在他身上，他甚至感觉到了那热乎乎的体温，就是那一点的温度，热得他一下钻进了那片温热，他被人搂抱得很紧。他在梦里完成了一件男人的事情。他坐在炕头，擦完黏糊糊的下身，换了裤头——有点羞愧。这也是他多年以来睡得最好的一觉，全部的高中时期都没有这么沉沉地睡过一次。他洗漱的当儿，看见母亲静静地坐在门楼边的一棵杏树下，他知道这是妈在等他醒来。

家雀突然想起昨晚的事儿，一边洗脸一边喊："妈——妈！"妈应声进了门："杀猪一样地喊啥哩？""妈，昨晚上我忘了问你，赵奎儿喊我们去接水的时候，你们咋说的？""就说知道了，再没有说啥。"家雀又追问："是不是说我早走了？"妈说："没有啊，你爹说知道了。"家雀这才坐在板凳上，放下心来。妈在一边唠叨："这娃子，神神道道的，问的啥话。"一边为他端来了做好的臊子面。

家雀吃完了饭，浪浪荡荡就出门了，清新而温暖的空气弥漫在村子的每一个角落，巷道里各家的门口都扫得干干净净，地皮子白亮亮的，反射着阳光，刚从屋里出来甚至有些刺目。正碰上赵奎儿也在巷道里和朱二站着聊天，朱二见家雀来了，说："家雀，大学考得咋样？"家雀一听这话，心里就不舒服，朱二这话问得像考试，而且就像考题里的单选题，必须回答行还是不行。朱二不说"没啥问题吧"，也不说"肯定没问题"，而是问他咋样。家雀说："还不知道。"朱二说："我们庄子就指望你了，还没有大学生哩。"家雀没有还嘴。赵奎儿说："好好考，考上大学，把你爹搬到城里的高楼上，那才是本事！"家雀无语，笑了笑。

正在说话，老单从地上转回来了，背着一捆子燕麦，走得不紧不慢。家雀没有听他们说完，上前从老爹肩上接过燕麦捆子，径直向家里走去。老单轻松地甩肩，赶紧掏出了烟末子。家雀听得后面赵奎儿说："昨晚叫你接水去，忘了家雀放假了，这好，有人替换了，不用起五更睡半夜了。"家雀听到这话，心里又是一惊，急忙喊："爹，快些走，饭熟了等你哩。"老单跟在儿子后面回家了。

老单回家来，径直进了厨房，见饭还没有熟。老单埋怨老伴："娃子说饭熟了，叫着吃饭哩，还冰锅冷灶的。"家雀妈唠叨："谁说饭熟了？娃子也才吃过早饭，锅都还没有洗，就吃午饭？"

家雀将绿油油的燕麦一把一把撒在平坦的院子地上，就像一支画笔，刷出了一抹翠绿色，又刷出了一笔。很快燕麦均匀地铺在白晃晃的地上，乱而无序。燕麦晒干了，冬天好喂牲口。

"爹，赵奎儿再问你，我昨晚是啥时候出去接水的，你就说迟了。"家雀对爹说。

"咋啦？"爹坐在门槛的阴凉处问家雀。

"昨晚我发现他把斗渠的闸门提起来，偷水。"家雀走过来，蹲在爹身边说。

"少管闲事。"爹说得很干脆。

家雀再没有说话。

吃过午饭，谁也不出门了，外面的阳光像白炽灯灯泡一般刺眼。门外燥热又寂静，偶尔传来几声蛐蛐单调的叫声，让人感觉这简直是白夜。

家雀躺在侧房炕上，迷迷糊糊又睡着了。

下午六点左右，邻居雷五的女人说话的声音将家雀吵醒，家雀隐隐约约地听到妈问："那娃子今年十几？"

雷五的女人声音很大："十六，仔仔大的个儿就知道这事！"

妈说："那丫头我知道，还上小学，才十二。"

"可怜的，说是下身子流血，我去了，哈小凤哭着……"雷五的女人说。

家雀一听这话，猜测是老芦的丫头芦小玲被人强奸了。"谁？十六岁的哪个？"家雀听得妈问这话，知道肯定是庄子上的娃娃，庄子上的娃娃十六岁的有几个哩，就是红平娃、朱尕兔、许尕球几个，剩下的都是其他庄子上的，也不排除下庄子和上庄子。

"我听的这阵子，朱二两口子托的赵奎儿，下话去了。"雷五的女人说。

家雀顿时全明白了，是朱二的娃子朱尕兔强奸了芦小玲。天哪！

四

对于老芦家而言，明明是个祸事，但是谁也不好过问，想帮个啥忙又帮不上。再说，老芦又不在，咋办？对于朱二而言，也很不幸，娃子做出这么丢人的事，朱二两口子更是脸上无光，羞愧难当。

家雀出了门，巷道里三三五五聚着人，悄悄谈论着这事。平日里和朱家关系好一些的给朱二家出主意，让娃娃避一避，小心人家告官；再说干了这事，娃娃也紧张。和老芦家有来往的为老芦家打抱不平，十六岁也是犯法，告他去。家雀才高中毕业，这种事儿也不好插嘴，家雀妈却是拦也拦不住，走到老芦家，不知道说了些什么。

巷道里，初中同学薛大头见了家雀，问道："最近咋样，没问题吧？"

家雀知道这是老同学关心他高考的事，随口说："没把握。"

薛大头说："走，屋里坐一坐。"

家雀就跟着薛大头去了他家。薛大头进了门，开口就骂："这驴日的朱二，你说，娃子干了这种事，不好好给人家下话，给赵奎儿使钱。"

家雀莫名其妙："给赵奎儿使钱顶啥用？"

"你不知道，赵奎儿是说客。"薛大头说，"这朱尕兔，就随了他那爹了，不是个好东西。平日里就不学好，上初二的人了，也不好好上学，老干逃课的事。"

家雀和薛大头分开已是三年前的事了，当年薛大头初中毕业就去打工了。一个打工，一个上学，除了过年过节见个面，平日很少见面，据说薛大头这次回家是相亲来了，这才正碰上这事。

家雀没有多说什么，想起赵奎儿那天晚上的所作所为，话到了嘴边："赵奎儿……说话行不行？"

"有钱能使鬼推磨，行不行，你说行不行？"薛大头说。

"你咋知道使了钱？"家雀说，"这钱他敢要？"

"我进去了，朱二正好将一沓子钱塞给赵奎儿，少说也有五六百，赵奎儿推让了一下，就装进囊囊了。"薛大头鄙夷地转过头去。

"你去了，你去干啥？"家雀有点吃惊。

"朱二是我的介绍人，我能不去？朱二说，朱尕兔下午就没有上课去，等芦小玲下课后，偷了赵奎儿的网子，领着芦小玲去网雀儿，网完了雀儿，就和芦小玲烧着吃，那麻雀儿是壮阳的东西，知道吧？吃了，就绷不住了！就在那枯井后面的沙堆下，干了那事。"薛大头说得很是在行，似乎把家雀当个不懂事的小孩子。

家雀心里感觉极度的沉重。这种沉重来自赵奎儿，这家伙吃了麻雀，差点强奸了哈小凤；现今又要拿了人家的钱去给哈小凤说和。这麻雀真的这么厉害？这事像一团乱麻，把家雀的脑子搅得乱糟糟的。他接过薛大头递给他的烟，点上，抽了一口说："朱尕兔呢？"

"说是跑掉了，可能是避祸去了，学是上不成了。"薛大头又问，"要是哈小凤告了官，咋样？"

"十六岁就要承担法律责任了。"家雀说。

"我的天爷。快快，我去给说说。"薛大头说着，就要出门。

家雀拦住说："让那个娃子跑了，人家丫头呢？"

"已经这样了，丫头能咋？"薛大头认为木已成舟，"生米做成熟饭了，索性就结成亲家算了！"

"你的妹妹被人强奸了，还要和人结亲家？"

"你这是啥话？"薛大头一下感到家雀这个读书人的厉害，不知道说什么好，又重新坐在了炕沿上。

家雀说："起码要认错，要为这错误买账哩！要不强奸犯还有理了，白白娶个媳妇，那多好啊！你也就不用找朱二说媒了，去强奸朱二给你介绍的丫头不就行了！"

"咋又扯到我身上了？"薛大头恼了，脸红脖子粗的。

"一个道理，你不能助纣为虐，做事情要公道。"家雀说。

"我不去了还不行！"薛大头坐在家里那水泥抹成的炕沿上，一个劲地抽烟，半晌，突然说："家雀，你说这麻雀肉真那么厉害？"

"你没有吃过？"家雀说。

"小时候吃过，谁知道啊！啥意思你？"薛大头瞪着眼睛，翻了脸问。

家雀笑了："我也没吃过，不知道。"

当天晚上，庄子上出现了一些为朱尕兔辩护的，主要的辩护人就是赵奎儿："娃娃叫麻雀儿吃醉了，那家伙吃上一只，一晚上都能做三次，要是吃上两只，肚子里的面条都能夯起来，不要说娃们的小鸡鸡。"

赵奎儿还说："更何况朱尕兔和那丫头都吃了，谁知道两个娃娃谁是谁非哩。"

雷五就问："那你吃了是啥情况？"

赵奎儿说："我不是说了吗？那家伙真的厉害，就是春药。老芦家的就是不听，不听也没办法，生米做成熟饭了，已经折腾完了咋办？"

半夜里，赵奎儿一直和朱二在一起。庄子上的人都知道，赵奎儿在给朱二出谋划策。

次日一早，哈小凤的娘家人来了。

家雀妈一早也过去了，正好让娘家人先把小玲领到鸡爪子滩。否则，娃娃在场，这事情咋说呀。

赵奎儿得知哈小凤娘家来人的消息，急忙和朱二提了礼当，去了老芦家。

朱二进门就趴在地上磕头："哈小凤，我给你磕头认错了！"

赵奎儿急忙拉朱二："哎呀——娃们干的事情，你老哥不能这样啊，怎么说你还是哈小凤的老哥哩。"

"娃子干的事，我都没有脸了，还老哥啥呀！"朱二低着红透了的老脸，就是不起。

"你养下这畜生一样的娃子，不如死了！"哈小凤的大兄弟说。

"你只要把娃子交出来就行，我们没有其他要求，就这一个要求。"哈小凤的三兄弟说得很平静，但很有力道。

"朱二哥，你起来，没必要。"赵奎儿把朱二扶起来，朱二顺势蹲在了墙角。

"你看，娃的舅舅们，我是这个队的队长，这事情我清楚，我先给你们说，行不行？"赵奎儿坐在椅子上，卷着烟说。

"你说，赵队长。"芦小玲的三舅舅很懂事理，说。

"这个事情是麻雀惹的祸，不能怪娃们，两个娃娃烧着吃了一网子麻雀，你说，吃了那么多的那东西，两个娃娃都管不住自己了，再说，朱尕兔才十五……"

"你放屁的话，那喝酒打死人还不抵命了？"芦小玲的大舅没听赵奎儿说完就骂起来，"亏你还是个队长，哪有你这么偏斧头砍的？"

"你等我把话说完，这事情千怪万怪怪朱尕兔，朱尕兔比小玲大些。事情已经出下了，就说事情。我的意思是袖筒里的火袖筒里灭，娃娃们都小，还没有活人哩，这风传扬出去，以后叫娃们咋活人哩？"赵奎儿说的这话在理，谁也不吭声了。

几个人的嘴里都吐出一股子一股子的烟，青袅袅的，继而，整个屋子里烟雾笼罩。

"不行，啥叫袖筒里的火袖筒里灭，把人交出来就行！"芦小玲的一个舅舅说。

"就是，去把人领来！"芦小玲的二舅也在一边喊。

"我就给你们说实话，我的娃娃昨天就没有进门，我也不知道哪里去了……但他惹下的乱子我会收拾！啥条件你们提。"朱二在一边说。

"放屁，你的娃子你藏哪里了？说！"大舅一听这话，气得站起身来。

赵奎儿说："没有藏，娃娃是真的不见了。"

"我不信，说，藏哪了？"芦小玲的大舅说着话，猛地起身上前给了朱二一脚，朱二被踏倒在地上。

朱二平日里干净的制服在哈小凤家的地上沾上了一抹灰尘，那灰尘是灰色的，粒粒清晰可见。

"我日你们的妈——你们把我踏死！"朱二并没有拍打身上的尘土，他突然跳起来，叫骂起来。

芦小玲的二舅和堂舅，还有哈小凤的几个侄儿站起来扑腾腾踏下去，朱二浑身颤抖，尖声大喊起来。

"等一下！"赵奎儿站起来，也不拦挡，"我说一句话，你们把朱二打出个毛病来，你们负责，我走了。"

芦小玲的这帮子舅舅这才停下来，只见朱二躺在地上直哆嗦。

"装，你好好装！"芦小玲的大舅站着喊。

朱二的嘴里流着血沫子，躺在地上直颤抖。

赵奎儿说："快些让开！"

芦小玲的那些舅舅看这阵势，缓缓挪开。赵奎儿蹲下身子，在一边喊："朱二哥——朱二哥！"

朱二抱着头，头发上也已经沾满了尘埃，腿脚乱蹬，看起来已经昏迷。赵奎儿说："你们不能闹出人命啊！"

赵奎儿急忙出门，叫来了几个人，包括薛大头，将看着昏昏沉沉的朱二抬走了。

赵奎儿很快发动了自家的三马子，拉着朱二去了镇上。

过了半天，警车来了，停在了朱二家门口。半天，警车又来到了老芦家。

　　薛大头从医院回来，已经是下午时分了。他主动来到了家雀家里，家雀正躺在炕上看书。

　　"哎，你说，赵奎儿这驴日的，其实这就是他的鬼主意，让朱二装作被打坏了，他倒是躺在医院不起了！我看派出所的也向着朱二。"薛大头说。

　　"警察怎么也向着朱二？也使了钱了？"家雀吃惊地问。

　　"说先治伤，事情一码归一码；前面的案子没有人证，当事人也不在；后面的事情，打人犯法，先治伤再说赔偿的事。"

　　"那还得让老芦家给他朱二赔医药费？前面的事情咋办？"家雀说。

　　"一码归一码，麻雀吃坏了两个娃娃，谁能说明是强奸还是自愿的？要怪就怪麻雀！"薛大头气愤地说。

　　"那你再吃上几只麻雀，去强奸马家的丫头，到时候彩礼也不要了，直接就怪麻雀，我给你做证，行不行？"家雀说得很愤慨。

　　"你动不动就说我，我咋啦？"薛大头红了脸，歪着头说。

五

　　朱二住院了。朱二是被哈家人打得住了院的。庄子里人人皆知。朱二的女人原本几天都没有出门，儿子干了这样的事她也羞于见人，男人住院后，这女人突然像变了个人，站在巷道里开始大骂："老娘的娃子干了啥事有娃子承担，把我的男人打得住了院，我看你哈小凤咋办？警察说了，一码归一码，你哈小凤的哥哥先坐牢再说。老娘男人的住院费一天两百，你就得给老娘掏。"

这话早就被家雀妈悄悄传给了哈小凤，哈小凤听了，气得直哆嗦："你让她等着，老娘的男人来了我再跟她扯！"

老芦是在出事后的第五天，被他的小舅子找回来的。

老芦进了门，老芦的女人哭得昏厥过去，好在家雀妈和雷五的女人又掐虎口，又掐人中，才醒过来。

老芦已经知道了事情的大概，急忙带着哈小凤跑到大姨子家里看女儿。没有想到，芦小玲毕竟是娃娃家，在大姨子的哄弄下，已经没有了明显的伤悲；加上大姨子悄悄带着小玲去了医院，也做了检查，就是处女膜破了，大夫说疼痛是难免的，毕竟娃娃还小，回家去休息几天就好了。只是老芦见了女儿，忍不住老泪纵横，哈小凤的病犯了，躺在炕上，好久才缓过来。

小玲一见这场面，慢慢才觉得事态严重，哭得死去活来。

大姨子安顿自己的丫头将小玲带出去玩了。两口子在大姨子家里哭够了，又急忙回了家。

老芦刚回到家，赵奎儿来了。赵奎儿这几天的兜里装着纸烟盒子，还是紫兰州，进门就给老芦装烟。老芦接过来，两人都点上。

赵奎儿开始发话了："你老哥出门打工，家里出了这事，我也有责任。"

哈小凤一骨碌从炕上翻起身来，说："赵队长，你替朱家说话就算了，我们单门独户的，受够人欺负了。猫儿狗儿都来头上拉屎，你是队长，想说别的你说，不说，你喝一口水忙你的公事去。"

赵奎儿一听这话，难免想起那天晚上的事，心里虚，脸自然红了："嫂子，我这个队长错了，给你认错，行不行？前几天，我来给你说话确实是朱二叫我来的，但是，出了事，我不说话谁说话？你看，今儿个我要是替朱二说话，我这赵字倒写！"

老芦说："你说吧，赵队长，我在这庄子上无亲无故，你说我听，给朱二说话我也不怪你。"

"老哥，事情已经出了，咋办？我们还得在这庄子上过，抬头不见低头见，闹个驴死鞍子烂，没意思！朱二住院了，让他住去。我也说了，你自己的事自己想清楚。关键是那娃子跑掉了，捉贼捉赃啊，派出所办案没有人证，也是干看！我的意思，想通些，他该赔偿的赔偿，两家子绷住不放，没意思。如果人家真的住院花了好多钱，到时候抵顶了，后悔也来不及。你说呢？"赵奎儿说的抵顶意味着老芦家白白吃了哑巴亏。

老芦在一边抽烟，头低得就要够到地面了。哈小凤一听这话，气得脸白成了一张纸。

"你们慢慢想，要是觉得合适，我就让他出院，给你们悄悄把损失费拿来，叫娃娃继续上学；要是不行，就算我今儿个放了个屁，被风吹了。"

赵奎儿说得很在理，老芦两口子谁也没有说什么。

赵奎儿也低着头说："叫娃娃转个学，到别的地方上去，娃娃大了，不能耽误了终身。"

哈小凤听了"耽误了终身"几个字，眼泪又像出了洞的长虫一样蹿出来。

哈小凤说："你告诉朱家的畜生，老娘一分钱不要，老娘就要他的娃子！"

老芦低着头，身子一抽一抽的，他的眼泪在地上砸出了很多的湿窝窝。

赵奎儿见这阵势，打了一声招呼，赶紧溜走了。

朱二住了十天院还不出，村上的人去看，他总是呻唤浑身都疼，不能动，尤其是腰疼，动不成。在这期间，老芦也跑了几趟派出所，每次去派出所，邓所长总是说："我们已经立了案，正在抓捕朱尕兔，抓住了就让他坐牢。你们也打听着，打听到了及时通风报信。朱二的事你们也抓紧劝着让出院，要不，这事情就扯不清楚了。"

有一次老芦去派出所，正好所长不在，下面一个办事的警察说："老哥，这事你得往前走，光在这里跑，恐怕不行。"

老芦不懂这句话是啥意思，回到庄子上，就悄悄找家雀。家雀一听，感觉朱二肯定使了别的法子，所以就这样半死不活地拖着。于是，家雀就给老芦写了一份状子，让他拿着去找县公安局刑警队。

老芦去了县公安局刑警队。

回来后老芦的心情明显好转，他肯定得到了刑警队的承诺。可惜哈小凤却在他回来的时候疯了。

老芦要去县城前，给哈小凤说了要找人办事，哈小凤当时怔住了。她想我的丫头吃了这么大的亏，还要找人才能办事，一时气不过，提了一桶汽油，要去点了朱二家的房子。谁知道她进了门就被朱二的女人发现了，朱二的女人抱住了哈小凤，哈小凤就把汽油泼在了朱二女人的身上，朱二女人见这阵势，杀猪一样喊起来，满庄子的人都跑过去，好歹把哈小凤拉回家了。

回到家，哈小凤突然大笑起来，接着提着一根竹竿子，向着屋檐下的麻雀窝乱捣起来，捣得麻雀在那竿子边上叽叽喳喳，乱飞乱叫。家雀和村上的人赶过去时，哈小凤正在大喊："驴日的麻雀儿，老娘把你们全部捣死，看你们还祸害谁！"

老芦好歹将哈小凤拉进了屋里，她似乎又正常了。

没想到人们刚刚出门，哈小凤又提着竹竿，向着村外走去，见了麻雀就追着打，见了雀儿窝就捣。

哈小凤疯了。

哈小凤在院子里撒满了秕谷子，罩上了笸篮，里面架上了短棍子，棍子的底端系了一根绳子。她像个孩子一样，偷偷藏在院子隐蔽的地方，譬如粪堆、羊圈、大树旁的草丛，凡是能够藏身的地方，都是她的隐蔽之所。等着那些麻雀叽叽喳喳落在笸篮的周围，再小心翼翼跳跃进去的时候，她便惊喜地拉动绳子，将麻雀罩在那笸篮下面，然后，被罩住的麻雀狂跳、叫喊，扑到笸篮边，左右晃动着笸篮。听着罩在下面的麻雀没命地叫喊，她就开始哈哈狂笑，那笑声压过了麻雀的叫声，让整个村庄惊惶不安。

更为可怕的是，哈小凤将麻雀烧死在院子门外，再将那散发着焦煳味的麻雀捡起来，悄悄侧身站在朱二家门口，单等着朱二的丫头出门时，将那烧死的麻雀向那丫头身上扔过去，朱二的丫头猛不丁被什么黑乎乎的东西打了一下，蹲下身子，捡起来一看，吓得大叫起来："妈妈呀——"接着哭着向家里跑去。

身后是哈小凤尖厉而疯癫的笑声。

大白天的，那声音将一个安静吉祥的村子变得阴阳怪气的，所有的人都怕哈小凤会将死麻雀扔在自己的身上。

老芦回来了，浑身上下只剩下一个白饼。但终于将事情推动了一步——芦小玲的案子正式在公安局挂了号。同时，刑警队长答应，要在全省通缉朱尕兔。

从家雀家出来，老芦回了家，将那巨大的身子撂在炕上，想着就此不再起来多好，他沮丧失望至极。原本自己在外死命打工干活，就是为了让老婆娃娃过得好一些，没想到突然出了这么个事。老芦躺了半天，突然想起哈小凤怎么没有动静，一骨碌翻起身，看见她手里攥着一只黑乎乎的东西。见他翻起身来，哈小凤突然将那玩意儿向老芦扔过来，老芦还以为是啥，忙伸手抓住，一股子焦煳的味道散出来，手里的东西软软的，张开手掌，原来是一只烧焦的麻雀。

"哈哈哈——"老芦见哈小凤如此大笑，才明白她原来真的疯了！

"吃——这东西壮阳，吃！"哈小凤尖声笑着说。

老芦看着那麻雀，眼泪流下面颊，他的头垂下来，似乎再也抬不起来了。

哈小凤也不做饭，老芦躺下整整睡了半天又一夜。

次日早上，哈小凤起床做了萝卜拌汤，老芦吃了，不知道去哪里，在院子里转了几圈子，最后找了把镰刀去了地里。出门前，哈小凤说她要去买盐，没钱了。老芦把身上的零钱全部给了她。

老芦前脚出门，哈小凤后脚跟着也出了门。

哈小凤见了小孩子就给钱，说："抓一只麻雀一毛。抓到就来找我要钱。"

正是暑假，孩子们都在家闲得没事干，开始上天入地地抓麻雀。哈小凤就跟在后面，像个孩子一样，看孩子们满村子爬高摸低。捉到了就交给哈小凤，然后围着哈小凤，扑前扑后要钱。村子里的大人见了哈小凤领着娃们这么闹，就把各家的娃子叫回家去了。

家雀妈见哈小凤这般模样，知道她是疯了，上前劝她，哈小凤说："老嫂子，我要把这些麻雀灭不完，我就不姓哈！"

家雀妈无奈地看着哈小凤在庄子里疯疯癫癫，只剩下唉声叹气。

六

朱二住了半个月的院，终于出来了。

村上没有人去看，连赵奎儿也再没有去。

朱二出院的当天傍晚，赵奎儿的女人去了朱二家，到了门口，又停下了。朱二家的院子靠着大路，赵奎儿的女人就站在朱二家的墙边，东张西望，正此时，家雀骑着自行车从大路上下来了。家雀见赵奎儿的女人站在那里看他，就下了车子，问："嫂子，你站这儿等谁吗？"

赵奎儿的女人走近家雀，说："家雀，你是念书人，你也知道朱家和老芦家的事情，你奎儿哥干了不该干的事，收了朱家的钱，给朱家说话。你看，哈小凤都疯掉了，我心里过不去，才问赵奎儿，他说朱二给了他五百块钱，我想去把这钱还给朱二。走到门口又想，得有个证人。你看，家雀，你就帮个忙，进去给做个证，给了钱，我们就走，行不行？"

"嫂子，你是个明白人，这钱说啥也不能拿。走，我给你做这证。"家雀毫不犹豫，随着赵奎儿的女人到了朱家的前门口，推门，门从里面闩着。

听得前门响，朱二女人支使丫头从门缝里张望。这些天，朱家老小都在惊恐当中，尤其是哈小凤把死麻雀往丫头身上扔，往院子里撂，朱家的人都不知道哈小凤还要干出什么来，所以时时提防着。

院里的人问是谁，家雀说是我，家雀。那丫头回身请示过她爹，才来开门，让两个人进来。朱二原本坐在地上的椅子上，听见家雀来，急忙爬到炕上，围上了被子。

进了门，那赵奎儿的女人也不说话，拉着个脸。

家雀问："朱二爸，好些了吧？"

"唉，好不好都出院了，出了这么个臊事，没脸见人了。"朱二躺在炕上，装得伤势不轻的样子。

"我这几天也忙着跑学校，看成绩，没有时间去医院看你，你就原谅下。"家雀想起朱二在巷口说的那些风凉话，心里不是滋味。

朱二的脸红红的："考上了没有？"

"将就考上了，兰州。"家雀说。

朱家的三个丫头和赵奎儿的女人都吃惊地看着家雀，似乎家雀突然变了模样一般。

"那要给你恭喜哩，你还真是我们红柳湾的第一个大学生。"朱二说得比上次真诚多了。

"就是的，我也刚刚碰上家雀，还没有顾上问考大学的事儿，就拉进了你们家。朱二哥，你看，我今儿个来，就是叫家雀做个证，正好家雀也是大学生了。你给赵奎儿的五百块钱，我还给你。其他的事情，我不管。你这钱，我们不能收。"赵奎儿的女人接过话头，就把事情倒出来了。

朱二和朱二的女人还有三个丫头愣在那里。

赵奎儿的女人面无表情，将一沓子钱放在写字桌上，说："朱二嫂，你数下，看钱够着哩吧？"

家雀取过钱来，哗啦啦数了数，说："五百，不多不少，我做个证，至于啥钱，我不知道，也不问。再没有啥事，我就走了。朱二爸，你好好缓着，我明儿个还要转户粮关系去。"

赵奎儿的女人也说要走，两人就出了门，朱二的丫头跟着送出了门，红着脸，啥话也没有说。

赵奎儿的女人出了朱家的门，对家雀说："这事儿你不要对你奎儿哥说，他不知道我还钱的事。家雀，考上大学，你就是公家的人了。你看你奎儿哥，土牛木马，干啥事都是胡作。"说着，赵奎儿的女人声音像噎住了。半天，缓了一口气说："人还说不成，动不动就动手打人。"

家雀说："嫂子，你做得对，奎儿哥也就是性子慌，人好着哩！"

"好啥哩？养驴着我还不知道驴的毛病？回去吧，家雀。"赵奎儿的女人抹着眼泪走了。

家雀考上大学的事当晚就传遍了整个庄子。

家雀刚进门就给爹妈说："爹、妈，我考上了。"

家雀爹的眼睛闪着光，看了一眼家雀，说："考上了就好。上学得多少钱？"

家雀似乎干错了啥事，低声说："一年学费六百，加上生活费，得一千多。"

家雀妈笑出了声："你老愚了！先不要说钱多钱少！我的娃子中了状元了！家雀，我的娃，快去洗手，给先人们上香磕头。"

"妈，磕啥头哩。"家雀似乎有些不好意思。

"你这娃娃，考上大学翅膀硬了？这是你的先人修的厚福啊，快去！"家雀妈在家雀的额头上戳了一指头，温柔而亲切。

家雀嘿嘿笑了两声，洗了手，恭恭敬敬抽出了三根香。这时候，老单发话了："娃子，给先人就上一炷，一心一意，一炷就好！"

家雀妈急忙把香炉子里的香灰和陈年的麦子倒在了鸡圈口，摸黑去粮仓里抓了满满一把干净麦子，换到了香炉子里，喜滋滋地端着进了书房，摆在了供着先人牌位的地方，说："嗯，先人们，你们的后人考上了，是你们积的德啊！"家雀妈说着，眼睛里闪烁着对先人的虔诚的目光。

　　家雀洗了手，望着爹笑了笑，点了一炷香，插在装满麦子的香炉子里。正要趴倒磕头，爹从炕上下来："等一等，娃子。"

　　说着，爹提上鞋，也小心洗了一把手，又仔细翻弄着擦干净了手，扣上衣服的每一枚扣子，跪倒在先人的灵位面前。

　　家雀也急忙跟着跪下，像爹一样，双膝实实地跪下了。家雀看着那灵位——一块长方形的木块，黑乎乎的，上面隐隐约约写着一行字——"单氏祖宗考妣之神位"。多少年来，爹总是恭敬地擦拭着这灵位上面的尘埃，似乎灵位是不可轻动的物件。

　　爹两只粗大的手合在一起，稳稳放在胸前，说："先人们，子孙不肖，总算是没有辱没先人，考上了！磕头——"

　　爹的额头贴在了地上，虽然是精地皮，但是没有浮土，爹的额头上并没有沾上土。家雀也低低磕下去，磕在了地面上，他感觉到地皮子潮潮的。等他再次抬起头来，爹又一次缓缓地磕下去，家雀也跟着磕下去。如此三番。

　　家雀对这些礼仪是熟悉的，但是，每一次还是有区别。譬如去坟头和在家里不一样，在村口烧纸也不一样。因此，这临时性的祭拜祖先，家雀还是没有精准的礼数，所以眼睛就紧紧盯着爹的动作，但是，心却被灵位吸引着。

磕完头，爹站起身来，又缓缓抱起双手，深深躬下身，作了揖，头还微微点了点，似乎是在心里默默为祖先承诺着什么。家雀跟着也作揖，心里想：真要是祖先保佑，就要感谢祖先哩。

爹做完这些礼仪，起身端坐在先人灵位旁边的破椅子上。家雀转身，回头见妈盯着他，又向爹递了个眼色。家雀知道自己还有一件事情没有办完，就像过年，给先人磕完头，还要给爹妈磕头一样，这是常礼。家雀便急忙又趴下，脸有点红，笑着说："爹——"深深磕下头去，抬起头来，见爹的表情肃穆庄严，再深深磕下头，将额头触到地上，嘴里说："妈——"妈在身后说："好了，好了，我的娃给我争了气了！"说着声音竟然哽咽了。家雀知道妈是喜极而泣，站起身来，又躬身作揖。

家雀坐在炕沿上，他不敢坐在爹的身边，那是平起平坐的位子，只有妈可以，他不敢，但是妈也不坐，她也坐在炕沿上，从来没有坐过那位子。

"芦小玲出事的那天早上，赵奎儿在巷道里见了我说，你考上大学，将来把你爹妈接到城里，住上高楼，那才是本事。"家雀看着爹说。

爹没有答话，手里卷着烟，仔细地卷着烟卷，像在制作一件工艺品。

妈说："我的娃，有本事你就给妈领个城里的丫头回来，给我们单家做儿媳妇，叫他们看看。"

"嘿嘿，城里的丫头不伺候你咋办？"家雀笑着说。

"不伺候也行，我就要个城里的媳妇，洋气些的。"妈说得很认真。

"娃子，你好好念书，真正把书田种下，媳妇不愁。"爹在一边点着了烟，缓缓地说。那话就像一缕烟，袅袅飘荡，不疾不徐。

"书田"两个字是爹挂在嘴边的，如今说出来，家雀似乎懂了点，似乎是把读书当成耕田的意思。

"爹，我进庄子时，赵奎儿的媳妇把我叫到朱二家，给朱二退了五百块钱，叫我做证。说是赵奎儿收了朱家的钱，给朱家说话，她想退了。"家雀认真地说。

"你去了吗？"爹瞪着眼睛问。

"这事我要去，那钱不能收，赵奎儿的媳妇还是明白人。"家雀坚定地说。

"你去是对的。"爹说。

"娃子，我给你做饭去。"妈去了厨房。

家雀跟着妈去了厨房。妈给他做好了拉条子，家雀点着了灶膛里的柴火，妈取出已醒好的面，切了面，开始将那面一根一根拉开来，再在案板上啪啪抡上几下，均匀的、细细的，在锅里翻滚了三遭，不断点水，一碗面就好了。

家雀坐在门槛上吃，妈在一边唠叨："明儿个就去看你的三个姐姐去，先到长城你大姐家，再到大靖，看你二姐和三姐。"

家雀知道，妈的意思是去给三个姐姐报喜，只不过没有说出来。

家雀应承着，一边低头呼噜呼噜吸着面条，没有注意到赵奎儿走进了院子："家雀，哎呀，我们村上的大学生，恭喜呀！"

"奎儿哥。"家雀端起碗站起来说，"一起吃吧？"

"吃了，才吃了。"赵奎儿说话压得重，就像他做事一样，"你嫂子一进门就说，你考上大学了，我呼噜了两碗饭就来了。"

"凑合，也不是个啥好大学。"家雀端着碗说，"快进屋。"

赵奎儿进了屋，家雀再次说端饭让他吃，家雀爹说："去端就对了，说啥！"家雀出门就去端，却被赵奎儿挡住了，他说真的吃过了，家雀也就再没有去端饭，而是回到厨房，自己又捞了一碗面。

接着，邻居雷五来了，薛大头也来了，庄子上的人都陆陆续续来到了家雀家里来道喜。大伙儿都嚷着要恭喜，要老单摆酒席。

七

次日，红柳湾的老老少少都知道家雀考上大学了。

快中午的时候，老芦夹着个黑皮包进了家雀家。家雀迎出来，见几天之间老芦原本高大壮实的身子瘦了许多，穿着件深蓝色的衬衣，像面旗子在身上飘；后背上印着一层又一层汗渍，像绘上了一幅神秘的地图，不知道他在这神秘地图的引领下，将走向何处；脸上原本饱满的肌肉不见了，剩下了精皮，竖着皱了三道褶子。

"老单哥，家雀考上大学了，我来看看。"老芦进了家雀家的前门就大声说，声音里充满了喜悦。

见家雀迎上来，老芦抓住了家雀的手，努力地笑着说："家雀啊，你就是我们红柳湾的状元啊，恭喜恭喜！"

老芦回来后，家雀也悄悄去过几次老芦家，为小玲这事，也出过主意，想过办法，但家雀毕竟是个学生，说的都是些血气方刚的话，唯老芦听得认真。家雀妈去了，就是陪着哈小凤左一鼻子右一鼻子地哭，哭够了，擦湿了半个袖头子，也就红着眼睛回家了。所以，老芦从县城回来，和家雀说过情况之后，也就再没有去朱家闹过。

"老芦哥，你忙你的去，还来干啥。"家雀说。

进了屋，老芦从黑皮包里掏出一件衬衣，说："家雀，这件衬衣就算是我的心意，你穿上它去上大学。"

老单见这阵势，死活要让老芦装起来。老芦的大手却死死按在了家雀的怀里："家雀，你拿着，这件衬衣我穿着小，放着也没用，你就凑合着穿上，就不用再买了。家雀，这五十块钱你添上当个路费，我们农村的娃们上学，可不能叫城里人笑话。"

"老芦哥，钱我死活不要。"家雀想说钱你还有用，但没有说出来。家雀看着老芦的脸蜡黄蜡黄的，那么难看，再也不忍心提那事。

"老芦兄弟，你要是给钱，我就不认你这个兄弟了。娃子上学的事，哪用得着那么多钱！再说，学生清苦些好。"老单沉下脸说。

家雀把老芦的大手推回去了，家雀感觉到老芦的手干瘪、粗糙，甚至老茧扎人，就像一把干柴。

红柳湾本来就是个移民村，先是家雀他们山里的人打了井，搬迁下来，各地的人看着这里有水有地，就都来入户，所以，这地方多数的人都是移民，独户的多。人们之间称呼就没有那么严谨。譬如老芦叫老单是老单哥，而家雀叫老芦又是老芦哥。

正在说话间，哈小凤喘着气跑进来了："家雀，家雀！"

"嫂子，快来！"家雀笑着迎上去。

哈小凤进了门，见老芦也在，似乎很正常，没有了犯病时的疯癫："我还当你这死人不懂事！家雀考了大学，你给送的啥？"

老单指着家雀怀里的衬衣说："你们两口子的心意家雀领了，等他挣了工资，请你们去城里浪。"

"这还差不多。你不懂，当了官要送鞋。家雀，来试一下嫂子做的这双鞋。"哈小凤从怀里掏出一双鞋塞给家雀。

家雀接着了，热乎乎的。鞋是哈小凤手工做的，麻绳子纳的底，黑条纹布做的鞋帮子，鞋面两侧是两个椭圆的松紧，穿起来鞋口松弛有度，舒服得很，叫牛眼窝鞋。

家雀接住了，谁也不知道哈小凤说的当官送鞋是啥意思，只有老单知道，那叫履新。

"他上了个学，哪叫当官！不敢当吧？"老单在一边说。

家雀以为哈小凤脑子不合适，说当官送鞋只是胡说八道；要么就是没有啥送的，才这么说的。后来，哈小凤成了神婆子，家雀才知道，送鞋的确是最美好的祝福，就是履新的意思。

"接住，娃子。"家雀妈抓住哈小凤的手，声音已经哽咽得说不出话来，眼泪蛋蛋掉在两个人的手上，千言万语说不出口。

哈小凤说："老嫂子，你这是做啥？家雀考上大学，我们都高兴，你再不能这样。"家雀妈点头应承着。

"快去，烧茶去。"老单见女人们又引得不高兴，便把家雀妈支开。

家雀妈用袖头子抹着眼泪走了。

正此时，朱二也从门口说着话来了。哈小凤见状就要扑上去，老芦拉住哈小凤的袖头子说："今儿个是家雀的喜事，不能胡作。"哈小凤听了，转身去了厨房。

朱二边走边说着："老单哥，恭喜呀！"

家雀迎他进门，朱二见老芦坐在屋里，急忙问："老芦哥也来了？"

老芦坐着没有动，嗯了一声，算是搭了话。等老单招呼朱二坐下，老芦起身说："老单哥，我先走了，你们说着。"说着就起身走。

家雀送老芦出门，老芦说："把你嫂子叫出来，我们走。"

说话间，哈小凤提着一根棍子从厨房里跑出来，向书房方向跑去，老芦急忙扑上去，抱住了哈小凤。哈小凤说："我捣死——这麻雀——"说着棍子已经向屋檐下的麻雀窝捣去。

朱二吓得立起身来，脸色铁青。

老芦使出浑身力气，抱着哈小凤，从家雀家晃晃悠悠地往出走，家雀在一边扶着老芦走出门。

朱二掏出了二十块钱，放在了老单的桌子上，说："这是我的一点心意，不要嫌少，给家雀添个路费。"

老单推却了一阵也就接受了。朱二嘟哝了一声，就要走，老单说："二兄弟，你等一等，我有个事要说。"

刚站起来的朱二又坐下，掏出一沓纸条，开始卷烟。

"兄弟，要说我不该管这事情，你们两家的事，你们解决。现在这阵势你也看来了，那女人疯疯癫癫的，老芦就一个丫头，人心都是肉长的，咋办？"老单说。

"咋做哩？老单哥，错是错了，我也没脸见人了。可他们非要把我的娃子抓着才解气。才多大个仔仔子，抓掉杀掉能顶个啥用？赔钱他们又不要。"朱二说出来后，长长出一口气，像憋了长时间的一泡尿放了出来，轻松了许多。

"我的想法，你就把那丫头认个干女儿，就当自家的丫头养，行不行？"老单说。

"那有啥不行的？好得很哪，老单哥，就看人家行不行。"朱二的脸色这才从刚刚的惊惧中缓过劲来。

"暂时肯定不行，这事一时半刻不能说，等过上三五个月再说吧。事情你要这么想就对了，我就先问问你的意思。"老单说得很沉重，"冤家宜解不宜结啊。这么下去，抬头不见低头见，不行啊！"

"当个干女儿，我认了。"朱二说。

哈小凤真是疯了。自从老芦将哈小凤拦腰抱回家，哈小凤就开始神思恍惚，整天提着根棍子，要捣麻雀窝。再后来，又稍稍好了些，老芦总是在家看管哈小凤，啥事也做不成，整天唉声叹气的。

朱二走后，家雀从老芦家回来，家雀妈催他去给三个姐姐报信，家雀骑着自行车走了。

红柳湾的人都嚷嚷着要老单待客：娃子考上大学，这是好事，不待客咋行？老单就是不待，嘴上说，上个学，有啥好待的？等娃子娶媳妇的时候，我摆个大席让你们吃。人们在背地里说，娃子上学要花钱，老单哪还有多余钱待客？有的说，不就是一头猪的事吗？烩个菜也行。其实，老单心里想的却跟别人不一样。

做好晚饭，家雀还没有回来，家雀妈就唠叨："待客就待客，也是个喜事，你单家的坟上冒了青烟了！你就是一根筋。"

老单说："待啥待呀，红柳湾才几家人？两家子就成了这样子，你高兴得待客，老芦呢？朱二呢？他们是啥心情？算了。再说，娃子上学要花钱，学费都没有着落，哪有钱待客？"

"钱你不要愁，我明儿个和娃子去他舅舅家，我问我兄弟借去。"家雀妈笃定地说。

老单说："算了，他舅舅也供着大学生，不能添麻烦。今年的胡麻能卖个六百，再粜些粮食（麦子），实在不行，把这猪也卖了。"

"猪才多大，半大的仔猪，不行！我还想着喂得肥肥的，等到过年杀了，给我的娃们好好吃些，这阵子卖了太亏。"家雀妈坚决不同意卖猪。

"那就多粜些粮食，不怕。你再不要在娃子跟前说钱的事。"老单怕家雀妈愁肠钱的事，让家雀也跟着担心。

家雀回来已经是傍晚时分了，还捎着三姐和小外甥。

老单和老伴见一岁多的小外孙来了，两人抱着轮流换班地亲热。三姐问："咋还没有吃？"家雀妈说："等你们回来才准备吃。"三姐说："我们吃了饭才走的，他姐夫高兴地要家雀喝酒，我没有敢叫喝，家雀还要捎外甥哩。"

一家人高兴得前言不搭后语。三姐最高兴，说："爹，哎呀，你说我们家家雀，多好啊！考上大学了。晓晓，舅舅考上大学了！"说着，眼泪就流下来了。

家雀妈也跟着抹眼泪，笑着说："你这苕丫头，哭啥？"

"好得很，妈，你的娃子给你争气了。爹！这是你的女婿给你买的一瓶酒，我没有让他们喝，给你拿来了！"三姐又亲了妈怀里的儿子晓晓，说道："舅舅考上大学了，我娃的舅舅是大学生了！"

"妈，你们快吃饭，让三姐给娃再喂些，娃吃得少。"家雀说。

三姐的婆家离红柳湾不远，就在十公里外的大靖城上。

"嘿嘿，你姐夫考了几回没有考上个大学，我兄弟考上了，你姐夫高兴得很，其实也羡慕得很。"三姐又给家雀说。

家雀知道姐夫补习了三年，还没有考上大学。好在姐夫是市民，三年前招干考试考到了工商局，姐夫的心总算是有个交代了。今天见小舅子考上了，一定要和小舅子喝两杯，似乎是小舅子圆了他的大学梦一般。最终却被三姐拦住了。

"你大姐好着吗？军娃乖着吧？"爹没有问大姐夫的七长八短，只是问大姐。

军娃是大姐的娃，也是家雀的大外甥。

"好呢，军娃都上小学了，乖得很。大姐说，过几天再来。"家雀说，"二姐没有见，去黄家台浇水去了，远得很，我也没有去地里，我给她婆婆说了。"

"你二姐的苦最大。"老单说，似乎二姐苦大是怪家雀一样，"你这娃，怪得很，骑着车子，你就去地里看一看你二姐，连人都没有见就回来了！"

三姐见老爹有些不高兴，怕再埋怨兄弟，急忙说："爹，你不要着急，我二姐明儿个肯定就来了。"

"明儿个早上我早早再去，把你的宝贝二丫头给你捎回来。"家雀笑着赶紧补上一句。

老单这才高兴了，抱着外孙子说："你二姨妈明儿个就来了，我们杀只鸡，让我的孙子吃！"

"家雀，这是我给你的，嘿嘿。"三姐拿出了一个手绢包，家雀接过来，还有姐姐的体温，解开，里面是一沓子钱，有一块的，有十块的。

"三姐，你攒下的？"家雀问。

"你别管，怎么说你三姐夫也挣公家的钱，我还有礼物送给你，等你走的时候就给你送到。"三姐自豪地说。

三个姐姐当中数三姐的条件最好，三姐夫毕竟是干部。大姐也好，大姐夫有了一台拖拉机，整天在外面干活挣钱，吃得开。但大姐夫手攥得紧，有钱也不给大姐多花一分，还时常跟大姐怄气。

"我娃实话饿了，看，吃指头哩。家雀，快去，给我娃煮个鸡蛋去。"老单见晓晓吃着手，使唤家雀快去煮鸡蛋。

"算了，家雀，鸡蛋留着爹早上吃，我拿了奶粉，我给他冲去。"三姐说。

"奶粉不行，快去，快煮个鸡蛋去，叫我的娃吃。"老单一边催，一边用粗糙的手亲昵而小心地摸着晓晓的脸蛋。

一会儿，家雀手里握着两个鸡蛋，呵着气，从厨房出来了，在晓晓面前跳来跳去，勾得晓晓摇晃着双手叫唤着。

八

次日一早，一只喜鹊在家雀院子门口的那棵沙枣树上喳喳叫着，飞舞着。

家雀妈听到了喜鹊的叫声，说："今儿个的喜鹊娃报喜哩，不用说，你二姐要来。"

家雀说："不来也得来，我这就去接，不然老爹要扒我的皮，抽我的筋哩！"家雀说着将碗里热腾腾的稀饭吃了，推出自行车，擦了车架子上的尘土，将每一根辐条擦得闪光，然后将爹一早就从地里背来的一袋子土豆和玉米棒子捎上，骑车走了。

不到一袋烟工夫，家雀又回来了，二姐和二姐夫跟在后面，也来了。

"晓晓，快来看，谁来了？"家雀进门就喊。

院子里的阳光一下亮了起来，笑声充满了整个院子。

"妈妈早上就说，喜鹊娃叫着哩，要来贵客，原来是二姨爹这贵客来了！"三姐见二姐夫来了，顺口就说。

二姐夫架起自行车，憨憨笑着说："你是干部的太太，才是贵客，我们这是啥贵客。"

"哎呀，行了，现在家雀才是贵客，你们再不要争了。"二姐说着，从妈的怀里接过晓晓，亲了两口。

"哈，我还成了贵客了，看来你们今儿个要招待我了。"家雀也架起了车子，"我刚走到公路口子上，二姐夫就骑着车子下来了。"

二姐进门说："妈，我昨儿黑里高兴得没有睡着，我们的家雀真考上大学了！"说着，眼泪花直打转转。

"好得很，好得很，二姐，我们的娃们有了大学生舅舅了！"三姐说，"二姐夫，小舅子考上大学了，你啥表示啊？"

"我啥表示？你先表示，我们跟着你走。"二姐夫笑着，给老单敬了一根纸烟，这是二姐夫少有的表现。

"哎呀，看来今儿个你是大方了一次，还装的纸烟。"三姐还在和二姐夫开玩笑，"干部来了他自有表示，你先到你先表示。"

"嘿嘿，给，家雀，这是一百块钱，你拿着。"二姐夫掏出了一沓子十块的钞票递给家雀。

家雀还在犹豫。

"可笑得很，他今早上说要捎个羊下来……"二姐把嘴贴到三姐的耳朵边说，"大清早就把羊捎到羊贩子家里，卖了一百多。不要给爹说。"

三姐笑了，也悄悄说："这还差不多。"接着，掉过头来大声说，"今儿个女婿来了，爹大清早就杀了鸡，等你来哩。表现好就吃鸡，不来的，表现不好，算了。"

二姐夫龇着黄板牙笑了。他知道小姨子说的是大挑担和小挑担。

说话间，家雀妈和两个丫头钻进了厨房，一边说着老芦家的事情，两个丫头听得都连声叹息；一边从厨房里传出做饭的声音，接着飘出了一股子勾人涎水的香味。

家雀妈抱着吃指头喊叫的晓晓，抖动着身子，从锅里挑出一块小小的肉丁，塞进了外孙子的嘴里。三姐搅拌着锅里的鸡块，那声音充满喜庆。二姐怕人多不够吃，急忙洗了几个土豆，卧到了鸡肉里面，炒出来就是半锅。

很快，一股子香气挟着喜气，弥漫了整个村庄。

二姐、三姐当天下午就回了。

大姐一直没有来，过了好几天，大姐一个人来了。妈问她是怎么来的，大姐说女婿的车正好来红柳湾犁地，她就坐上来了。又问女婿在哪里，大姐说就在红柳湾的地里犁地。

大姐坐定，从包包里掏出来一件红线裤，说："这是给家雀的。"家雀妈知道大丫头被女婿管得紧，有钱也花不上，也就再没有说啥，只是摩挲着线裤说质量好，结实得很。大姐显得有些不高兴。

到了中午时分，娘儿俩做好了长面。老单叫儿子去叫大姐夫来吃饭，家雀就去了，结果，车停在地头上，人不在。家雀问别人，说是去队长家吃饭了。家雀进去，大姐夫正在赵奎儿家的椅子上坐着，嘴里叼着一根纸烟，正吞云吐雾。

赵奎儿见家雀来了，随口说："正好大学生来了，一起吃饭。"

家雀说是来请他大姐夫去吃饭的。大姐夫也不问家雀上学的事情，只是冷冰冰地说："你去吧，我就在赵队长家吃。让你姐姐下午回家，娃娃没人做饭。"

家雀嘴上没说啥，只好扭头出门，心里想，吃上队长的饭是本事。回到家，老单问："人呢？"家雀说了情况，老单碍于大丫头的面子，也不好说啥。吃过午饭，大姐就要回，老单让家雀给大姐提了一筐子土豆和甜菜，骑着自行车送走了。

家雀下午送大姐回来，见家家的麦茬地都犁过了，黑乎乎的、软塌塌的，只有自家的地还撂荒着，白光光的。还以为大姐夫忙着给别人家犁地挣钱，把自家的先放下了，这会儿肯定是回到家了。到了街门口，也不见拖拉机的影子，问爹，爹一声不吭。原来大姐夫通过赵奎儿，把旁人家的地都犁了，单单剩下了家雀家的地，他又开着车一声不吭到别的庄子上犁地去了。

家雀气得直骂，爹还是一声不吭。

家雀坐在屋檐下，看着黄昏的麻雀纷飞归来，落在门口的沙枣树上，那土色的身影跃动在淡绿色的枝叶之间，藏在那些细密的叶子里，但却未能藏住它们叽叽喳喳的声音。家雀原本是喜欢麻雀的，而此时，看着这些吵闹的鸟儿，心里有很多的不满。在这样一个屋檐下，一只鸟儿钻进去，又飞出来；抑或落在屋檐的椽子头上，用那细小玲珑的爪子抠住某一个椽子的裂缝，谨慎而灵巧地转动着灰黄的脑袋，呼叫着别的鸟儿。

家雀生了一肚子的气，心里想着麻雀比人要强，起码认得它的栖身之所在哪个屋檐下，还能准时归来。而人却不一样，譬如大姐夫，就这样绕着家门走了，他无非是担心家里没钱付机耕费，担心自己考上了大学正是用钱的时候，需要他接济。可是谁这样想啊，包括爹和妈，都没有这么想啊！他这么做，让庄子上的人都以为自家里把他得罪了，连门都不进，甚至还专门将家雀家的地撂下，别人家的地却全部犁完了！家雀的脑海里是那湿漉漉的翻过的土地包围着的一块麦茬地，扎眼得让他心痛。

饭熟了，妈叫着吃饭，家雀没有动。

爹却端起碗吃起来，似乎忘记了那件事情，一边吃一边说："把自己的事情做好就行了，别怕，明天我们自己犁去。吃亏是福。"家雀听着爹近乎迂腐的道理，他细细想这四个字的意思，难道说多吃亏才有福，不吃亏就没有福？道理是道理，吃亏就是积德行善，时间长了，就有回报，当然是福。但是谁愿意吃亏？其实，自家也不算吃亏，吃了亏的难道是大姐夫？也许就是。起码在庄子上人的心目当中，他是个让人不齿的女婿，即便说岳父家没有钱付你，你也该把地给犁了啊！何况小舅子刚刚考上大学，咋就连门也不进就走了呢？

家雀这么想着，看着爹这般坦然，心里也豁然开朗了。端起碗来，搛起妈做的长面，慢慢吃起来。

爹在一边说："今儿个这面香。"

妈在一边没有敢说什么，看着父子俩，有些小心翼翼的。

妈甚至希望他们尽快忘掉这件事情，不要对任何人埋怨，尤其是大丫头。

九

家雀的录取通知书下来的时候，老单突然有些犯愁了。开学时间是八月底，胡麻来不及收拾，按照老单当初的计划，光靠楺麦子也不够，还要留下吃粮。学费显然是凑不够了。

家雀开学在即，家雀妈要家雀捎她去舅舅家，没有说去干啥，就说去看看你舅舅。老单没有问老伴去干啥，其实心里清楚，老伴曾经说过的，当时被他给挡住了。老单是最能够理解人的，而且一般绝不会给别人添麻烦，这次实在是没有办法了。

舅舅原来是民办老师，20世纪80年代转正，到了90年代，舅舅从山区的老家搬迁到川区，工作也调动了，成为城里人。同时，教师工资不断上涨，舅舅正好赶上，加上几十年的工龄，渐渐就有钱了。在家雀的心目当中，舅舅是另外一个屋檐，在这个屋檐下，他这个外甥明白了家的另外一个含义。

家雀后来才知道自己的名字就是麻雀的意思。好多年过去了，就在家雀上了初中，不断写自己的名字，自己的名字也不断被使用的时候，家雀才想"家雀"是什么意思——就是家里的一只雀儿。

一只鸟儿有啥意思，没出息，永远在那个屋檐下，不如书上写的鸿鹄，有远大的志向。他甚至对家雀这个小小的名字，没有寄托远大理想的名字开始不屑——他想改名字，他把这想法说出来，妈妈不准，说："这名字是你舅舅取的，咋能说改就改？"家雀说了自己的理由，妈妈反驳得很好："在家里就好，安安稳稳的，多好。看那些麻雀，在屋檐下生活得多自在。"家雀不好反驳，暂时安稳了。

捎着妈去舅舅家的路上，妈安顿说："你去给你舅舅说说你上大学的事情，再啥也不说，你就去你二姐家看看。我在你舅舅家坐一坐，就到你二姐家了。"家雀知道，妈是怕娃子长大了，提起向舅舅借钱的事情，担心儿子面子上磨不开；家雀也清楚妈不让他说什么，点头应诺了。

家雀和妈到了舅舅家，说了考上大学的事，舅舅自然很是高兴。舅母说："也是你们单家先人们积的厚德。"家雀掏出了通知书，让舅舅看了，没有说话。通知书上写明白了学费多少，舅舅应该明白这些事儿。但舅舅始终没有提学费两个字，只是一个劲说好。也没有像邻居家一样，给他点钱什么的，表示祝贺。家雀说，他还要到镇上办点事，便从舅舅家出来了。

家雀在二姐夫家待着，没过半个小时，妈妈来了。妈的脸色很不好，在姐夫面前也没有说啥，只是拉过五岁的外孙子，抱了抱，然后对家雀说："娃子，我们回吧。"

二姐拦着妈，要弟弟吃完饭再走，妈妈还是坚持要走。

家雀骑着自行车，抓稳了车把子，缓缓出了城，才小心地对妈说："妈，我大学毕业后，给你找个城里的媳妇，到城里住高楼啊！"

家雀说这话，原本是想逗妈开心，孰料，妈妈趴在家雀的后背上哭了，那声音断断续续，哽咽不止。家雀蹬着自行车，任妈趴在他后背哭，那段路原本不长，骑自行车也就半个小时。可是，家雀觉得很漫长，比起原来去舅舅山里的老家还要远，妈苍老的哭声，让家雀的心里明白了很多，也懂得了很多。他知道妈这个老姐姐今天在她这个牵挂了一辈子的兄弟面前受了多大的委屈。他很少见妈妈这么哭过。其实，妈原本就是个坚强的女人，一般的事情都是咽到了肚子里，还要强颜欢笑，让家里充满欢乐，谁也没有见过她这么伤心！他知道舅舅是妈除了单家这个屋檐之外，最为牵挂的人，也是没有留过半点私情的人。而今，妈如此伤心，必然是舅舅或者舅母的话让她失望至极了。家雀没有说半个字，他想让妈痛快地哭一会儿，也让自己无声地倾听妈哭声里的心事。他张大了嘴巴，怕自己发出哽咽声，眼泪悄然从眼角滑下，模糊了双眼。他的嗓子里酸涩难忍，一任眼泪在风中纵横流淌在他的面颊，他怕母亲发现，没有腾出手去擦拭。

一路上，所有的人都在好奇这个坐在自行车后面的老妇人缘何如此伤心，也看着这个骑车的少年如此伤心。母子俩谁也知道对方的伤心，但是谁也没有说话。家雀开始慢慢懂事成熟了，似乎就从那一刻起。

妈终于不哭了。她从儿子的背上抬起头来，家雀感觉到妈擦干了眼泪，咳嗽了两声，算是振作起来了。他热腾腾的后背感觉到了清凉。

"回到家就说你舅舅不在家，不要提起这事。"家雀妈在一边安慰儿子。

家雀的眼泪却又下来了，他懂得妈的心事，妈妈是怕爹这个善良的人知道了这事，更加伤心。家雀哽咽着说："知道了。"

他很快将眼泪都咽到了肚子里，这眼泪酸溜溜的、热乎乎的，像蛇一样滑进了他的肚子。他感觉到自己的力气大了很多，脚下生出了风一样，自行车飞快地跑起来，他和妈如同在风中飞翔一般。

家雀说："妈，我四年毕业后，就把你搬到城里住高楼。"

家雀妈笑了，什么也没有说。

家雀捎着妈进了庄子，看见村口有几个人站着，就老早从自行车上下来了，这是礼貌。进了村，妈站在村口和几个女人搭话，家雀回家了。

老单在门口的那块青石头上坐着抽烟，见家雀来了，就跟进门。

"我舅舅不在家，说是今儿个加班，在单位。"家雀说，"我舅母一个人，我舅母高兴，给我钱，没要。好像过年要福钱儿一样，难堪得很。说了一会儿，就回来了。"

老单平静地说："那就对了。不要紧，我们想办法。娃子，瘸子腿上都挨棍哩，我们这点事算啥！"

"爹，咋啦？这么点小事就把你愁的，我到城里打工挣钱。怕啥？"家雀在一边说。

"好，娃子，老芦这一回可能真难着了！"爹原来说的是老芦。

家雀急忙问："老芦咋啦？"

"常年在外面打工，生病了，今儿个早上昏迷了，你们刚出门，哈小凤乱喊乱叫，我去看，老芦趴在炕上喊肚子疼，也不知道是咋啦。我也没办法，你又不在，巷道子里碰上了朱二，朱二就开车送老芦走了。"爹说。

"朱二送走了？"家雀奇怪得很，"这人！"

"他们两口子送走了——"

家雀没话可说了。心里想：这就好，这就好！他突然感觉到这个村子的人就像在一个大的屋檐下活着的，平日之间难免产生一些芥蒂，但是，在这个关键时候，彼此是最为可靠的同盟。

"我感觉这事不好，老芦的脸色前一段时间就难看得很，我以为是愁事情，只怕是病。"老单对儿子说。

"咋办哩？爹。"家雀似乎突然觉得这事就是他家的事一般，急忙征询爹的意见。

"你快快拿上一百块钱，去医院，想办法给哈小凤的娘家人带个话，让他们知道这事情。再嘛，我想还是把小玲领回家，或者到医院。"老单沉思了一会儿，说，"这娃娃不回来，哈小凤的病难好，老芦也难受。领到医院也行，让娃娃把老芦看看。你见了老芦给说说这个意思。"

"嗯，我就去吗？"家雀问爹的当儿，妈回来了。

"去哪里哩？"妈问家雀。

"我爹让我去医院看老芦去哩，再没有人管了。"家雀用征询的口气对妈妈说。

"稍等，娃子，吃罢再去。"妈妈火急火燎地打了一个荷包蛋。家雀泡着馍馍正吃，薛爸来了。薛爸问是啥事？家雀说去大靖看老芦。薛家爸就急忙说把薛大头叫上，一块儿去。家雀骑着车子急急出门，出了门，正好碰上了薛大头，说了情况，两个人一块走了。

医院诊断老芦得的是急性胃溃疡，需要尽快做手术。但是没有人签字，朱二两口子虽然也给医院交了三千块钱的押金，但是，手术又不敢做主，只是干坐在病床前给老芦宽心。

液体吊上，老芦的疼痛缓解了不少，也给朱二说了几句感谢的话。

朱二也征求他的意见："老芦兄弟，手术得做，越快越好，咋办？"

老芦也没有主意了：做吧，老婆娃娃不在；不做吧，病急。只是盼望舅子哥那边来个人商量。

好歹，家雀和薛大头来了。

四个人商量了一下，家雀说了他爹的意见，老芦同意，朱二也点头，家雀又急忙去鸡爪子滩找哈小凤的娘家人去了。

下午三点多，家雀领着小玲，还有哈家的三个兄弟来了。一路上，家雀给哈家人说了不少朱二的好话，说今早不是朱二出头，老芦都疼死在家里了，朱二也有诚意，让他们去了不要再难为朱二。

进了医院门，小玲趴在床头，抓着老芦的手哭得很恓惶。朱二女人跟着在一边偷着抹眼泪，一边腾出手来拍打着小玲的后背。老芦的眼泪像一串串珠子，从眼眶里掉出来，爬过他皮包骨头的脸庞，钻过他黑茬茬的胡须，滑到了脖子里。

哈家人很是客气，和朱二打了招呼，看着朱二女人的样子，再没有说二话。又一起和医生商量了半天，终于由哈家的人签了字，同意明天手术。朱二女人始终站得远远的，一则怕哈家人看见她心里不舒服；二则在他们和医生商量事情的时候，她就悄悄站在病床边上，像个用人一般。

下午五点多，商量完毕，朱二说："家雀，你回去吧，把你朱家婶婶捎回去，晚上没有睡的地方。再说也没有啥事，回去给庄子上捎个信，把小玲也送回家，好看着她妈。"

朱二说得很缓慢，很真诚。家雀听得出老芦的事情朱二是要管到底了，他不推脱，他要承当起这事，让老芦感受到他的诚意，以此换得他们的谅解。

家雀很认真地叫了一声朱二爸，掏出了一百块钱，给了老芦的大舅子说："我爹让我给你们的，是我爹的意思。"

哈家人推却不要，朱二说："收下吧，这是老单哥的心意，不要客气。"

哈家人收下了家雀给的一百块钱，家雀说："住院押金朱二爸交了三千，估计够了。"

朱二看了看家雀，嘴皮子动了动，没有说出话来，谁也没有说出话来。半晌，朱二说："你们回去吧，这里有我们哩。"

朱二女人抓起小玲的手要回家，小玲却趴在她爹的身边哭着不走，老芦说："你回家去，看着你妈。我不要紧，明儿个做个手术就好了。"

小玲还是听话，哽咽着说："爹，我和妈明儿个再来看你。"说着出了门就大声哭起来，朱二女人也跟着哭，一手抓着孩子，心里像打翻了五味瓶子，搅得心都要碎了。她想这么多的委屈咋就全让这个女子给摊上了。她开始恨自己那不争气的娃子，甚至想当时咋没有好好打上一顿，只是扇了两耳光。

出了门，朱二女人给小玲买了一瓶饮料，说："来，我的娃，喝上些，我们回家。"

十

家雀让薛大头捎上小玲，自己捎着朱二女人，走在回家的路上，那滋味让这个少年心里难受却踏实。

朱二女人一路上说："你朱二爸就不是个东西，这会儿明白了！啥事情你也清楚，当初，我就说不要听那赵奎儿的话，他就是要听，你也不想，要是你的丫头叫人家欺负了，你是啥感受！没心肠的货！才明白过来，我就气得。家雀你说，这一家子人，咋就成这样了，病的病了，疯的疯了，娃娃又受了刺激，我的心里难受得想死啊！"说着，朱二女人在后座上哭起来。

家雀故意放慢速度，让薛大头在前面，免得让小玲和薛大头听见朱二女人的哭诉。

　　这四个没有任何亲缘关系的人，此刻就像一起去觅食回家的四只麻雀一样，向红柳湾这个温暖的地方轻盈地飞去。他们的头上正好是反方向南飞的一群大雁，嘎嘎叫着，相互应和着，摆布着人字形的队列，也许它们也在赶往它们栖息的下一站，那一站还远吗？天黑前，它们能够赶得到吗？

　　天色还没有黑，天边的晚霞像血一样从山那边漫过来，盖住了小半个天。

　　家雀他们四人终于到家了。

　　朱二女人没有再去老芦家，她怕哈小凤见了她受到刺激。

　　家雀和薛大头将小玲送进门的那一刻，小玲喊了一声妈，就哭了。哈小凤藏在树园子里，听到女儿的叫声，从园子里应了一声，猛然爬出来，不小心摔了一跤，她根本顾不得疼，又爬起来，娘儿俩像两块磁石，瞬间吸在一起，抱成一团哭了起来。

　　树园子的梨树上挂着几个不太饱满的冬果梨，树枝上栖落着几只被哈小凤赶走又飞回来的麻雀，惊恐地看着这母女俩。

　　家雀妈和雷五媳妇本来坐在门口的那块青石头上聊天，等儿子回来，恍惚中看见两辆自行车飞过巷子，又听到有人哭叫，急忙喊家雀爹。家雀爹就急急向老芦家大步走去，家雀妈和雷五媳妇跟在后头。

　　几个人进了前门，看见哈小凤娘儿俩哭成一团，两个女人跟着站在旁边，掉着眼泪，也哭了。

"哈小凤，丫头来了，再不要哭了，咋不懂事了！快去给娃娃好好做些饭，听话——"家雀妈在一边抹着眼泪说。

哈小凤听了这话，嘴里含混应承着，突然像病好了，拉着丫头的手，娘儿俩嗓子眼里像各藏了一只鸡，咕咕叫着，进了屋。

两个女人似乎离不开那地方，她们心里想走，双脚却挪不动，像陷进淤泥里一般，拔不出来，只管哭着。

家雀和他爹还有薛大头三人悄悄离开了。

过了一会儿，家雀妈回来了，一边做饭，一边将剩下的一些鸡肉热上，让家雀端给小玲吃。

老芦的手术第二天就要做，咋做？吃过晚饭，老单找到了赵奎儿。

赵奎儿说，那就明儿个到城上去看嘛。

"光看下能顶啥用？"老单没有提朱二垫钱的事。

"看情况再说，还有他们哈家人嘛！"赵奎儿多少还带了点官腔，显得有点滑稽。

"这事你也想一想，当个队里的大事办。明儿个我和你，再找几个代表去医院探望。"老单也很官僚地撂下了一句话，就走了。

次日早上，家雀妈给老单装了几个馍馍，让他背着，到医院去吃，这样就不下馆子，省得花钱了。

赵奎儿出来的时候，他婆姨也叫他装上几个馍馍，赵奎儿不拿，说："谁一天啃馍馍，丢人的！乡下人进城，就知道背馍馍。"

朱二女人提着一个馍馍包包，站在村口，说是带给朱二的，赵奎儿接过来，看了看那馍馍包，又看了看朱二女人，没有说啥，撂在车上。赵奎儿似乎在干一件大事，声势浩大地在村口喧哗，临时又叫了雷五。等老单抱着包包来到车前，雷五已经在车上。赵奎儿开着车，在一阵尘土飞扬中，离开了红柳湾，向医院的方向奔去。

三马子刚走，哈小凤领着芦小玲火急火燎地赶来，脚底下还飞扬着尘土。可惜，三马子已经走远了，像一只黑蚂蚱，在远处爬动。

家雀妈急忙向三马子招手，朱二女人也急了，跑动着招手。好在坐在车上的老单回头看见了，车在远处停下了。

"慢些，哈小凤。"家雀妈安顿。

"嗯，单嫂子，我们走。"哈小凤突然像个好人了，拉着小玲的手，沿着大路，一阵小跑。

"你说，这些男人，领上这娘儿俩也对，今儿个做手术，不管怎么也是个精神。"家雀妈说。

"就是的，唉，又得了这么个病。单嫂子你说，没事吧？"朱二女人说。

"没事，没事。"家雀妈接着话音说，似乎说了没事就没事了。

赵奎儿开着车，车像一只飞翔的老鹰，四十分钟后到达大靖城，等穿过了市场，慢慢钻过密密麻麻的人群，好不容易到医院，找到病房，病房里却空空荡荡的。同一个病房的人说已经上了手术室，一伙人撂下包包，慌乱地找到手术室。却听人已经进了手术室。

手术做了半天。一群人一开始围在手术室门口，来回走动，后来听说还有一个小时。一个小时后，又说还没有做完，又等了一个小时，三个舅子轮番在门外抽烟，哈小凤和小玲坐在门口没有动，眼睛直勾勾盯着那手术室的门，一步也不离开。赵奎儿在一边似乎是对哈小凤说，又似乎是对老单他们说："没事，不担心，现在的医疗水平高得很，把个胃溃疡算个啥！心脏病都一个劲做着呢。"

老单悄悄把朱二拉到一边，说："我听说现在的手术要给医生，还有麻醉大夫……咋弄的？"

"我身上一分钱也没有了，哈家的老大好像把大夫拉到了一边，塞给了。"朱二说。

老单又悄悄说："那就好。不管咋说，人要紧。"

不一会儿，大夫出来了："谁是芦大军的家属？"

哈小凤没有听清，哈家的老三拉过姐姐，说她是。

大夫只露出了一双眼睛，说："胃上的手术很成功，只是现在病人出血过多，昏迷不醒。不过这是正常的，不要紧。关键是病人的其他部位还有毛病。"

"我是他的舅子，大夫，不是说胃溃疡吗？还有啥病？"哈老二问。

大夫把哈老二拉到一边说："肝上有问题，是肝硬化，问题不小，你们得有个心理准备。"说着，把一个纸包塞给了哈老二，"这病可能要花大钱，得到兰州去，耽搁不成。"

大夫说完要走，哈家三兄弟都围过来，拦住了大夫："大夫，这病危险吗？"

"很危险，你们要有个心理准备。"大夫说，"我建议等人醒过来，输上液体就上兰州吧。"

"大夫，我姐的精神有问题，不要给她说。我们再商量商量。"哈老二说。

这时候，老芦被推出来了，嘴上戴着一个透明的白塑料罩子，他的脸惨白惨白，像一张表纸，胡须像荒地上的草芽子，眼睛眯着。整个人大变模样。原本小山一样的老芦变成了一片荒凉的白草滩。

小玲看见大夫说话神神道道，又见他爹昏迷不醒，哇的一声哭了。这一哭把所有的人都弄慌了，哈小凤见男人成了这样子，突然晕过去，差点摔倒在地上。大夫又急忙让人把哈小凤抬到了急救室。

哈家的兄弟三个围着哈小凤走了，朱二、老单、赵奎儿他们把老芦推进了病房。

哈小凤很快就醒过来了。大夫说，人有点虚弱，吊个液体，休息休息就好了。

老芦安静地躺着，没有醒来，像睡着了一般，随着呼吸机发出均匀的呼吸声。

在此期间，哈家人和老单他几个碰了头，商量要不要上兰州，最终，商量的结果是等老芦人清醒过来，先上武威。武威毕竟近些，才一百公里，到兰州却需要将近三百公里，他们都想先到武威市医院看看情况再说，更何况兰州花费也太大。

赵奎儿当着老单和朱二的面掏出来了五百块钱，交给了朱二，说："啥都不要说，这钱你拿着。"

朱二心里清楚这钱是咋回事，明白是赵奎儿给他还钱，但他还是收下了，他知道赵奎儿媳妇已经还了那钱，他转手又将钱交给了哈老二。

赵奎儿说："你们看着，我就先回了，今儿个水管所的催水费，我得回去跟那帮子驴日的商量，再拖一些日子，胡麻还没有下来，谁家都没有钱交水费。"

"老单哥，你也回吧，索性把小玲也领回去，这地方娃娃留着也不方便。我的意思是，赵队长，你回去再叫个女人上来，把哈小凤看着些。你们说呢？"朱二说。人们这才注意到，这两天朱二也胡子拉碴、满脸疲态的。

"迟些再说，娃娃我领回去，有你们的老嫂子哩。这钱估计还差得多，咋办？"老单说。

"我们再凑吧，老单哥。"哈老大蹲在地上，挠着头皮，头发里满是尘屑。

"钱，我也再想想办法。你们先回。"朱二说，似乎他还有什么办法。

雷五掏出来五十元钱，塞给了哈老二："这个是我的心意，没多少，添上治病吧。"

谁也没有说话，哈老二接住了。

雷五没有舍得下馆子，怕把这钱破开了不好给人家，中午和老单啃了半个馒头。朱二和他们两个蹲在院子里，啃了一个馒头。赵奎儿和哈老大出去了，肯定是下了馆子。

赵奎儿先走了。其他人还守着老芦，老单想等着老芦醒来看看再说。

下午四点多，老芦终于睁开了眼睛。他挣扎着要起身，被老单几个挡住了。他左右看了看，一个人一个人地盯着看，看来看去看了半天。

"好好好，好了，老芦兄弟，你手术做好了。"老单笑着说。

哈老二急忙从哈小凤的病房里把小玲领过来。

老芦捏着小玲的手，终于咧开嘴笑了。嘴角的皱纹将那张惨白的脸拉成了一副三角形的皮囊。

小玲叫着爹，眼泪就淌下来了。

"我的娃，不要号。"老芦隔着呼吸机说，瓮声瓮气的。

所有的人都不敢告诉他真实病情，只是说手术做好了。

这伙人安慰了老芦和小玲半天。五点多，老单领着小玲，由雷五开着朱二前一天开来的三马子，回家了。

他们就像一群觅食而不得的麻雀，只得回到他们最开始的屋檐下，哪怕那屋檐是多么的破旧，甚至不能遮风挡雨。

十一

老单一进门，家雀妈就把小玲的手攥在手里，眼泪不住涌出，但被她快速擦掉。她急忙把做好的长面下到锅里。

吃过晚饭后，人们像聚在树上的麻雀一样，三三两两地聚在巷子里，叽叽喳喳地议论老芦的病情。

家雀妈没有出门，她烧了热水，给小玲洗了头，又让她洗了脚，拉到炕上，让小玲早早睡了。

老单坐在屋檐下的门槛上，夜色沉沉的时候还在抽烟。他不知道老芦的命运将走向何方，他还在愁儿子的学费究竟从哪里来。家雀也躺在炕上看书，他不敢打扰爹，只听到妈在书房炕上发出均匀的鼾声。

红柳湾沉浸在深深的夜色中，时不时谁家树上的蛐蛐在单调而悠长地叫着。

天上的星星越来越亮，像一颗又一颗饱满的泪珠，随时会掉下来。

次日早上，家雀妈老早就起来做了土豆稠饭，炒的是菜葫芦，还用荤油炒了莲花白。小玲吃得很香，一边吃一边羡慕地问家雀："家雀哥，你考上大学后上学就不回来了吗？"

"咋不回？回呢，假期就回来了。"家雀说，"等我回来，辅导你学习，让你将来考个比我还要好的大学。"

老单听到小玲说家雀上大学的事，心里就颇烦。昨夜里想了半夜家雀的学费，也没有想出个眉目。倒是想出了一个给老芦筹医疗费的办法，但是他不敢说出来，怕说出来家雀和他妈阻拦。他只好默默吃饭，心里不停地盘算着怎么干这件事。但是他已下定了决心，这事谁也拦不住他，尤其是家雀。

吃完饭，一家人浑身微汗，感觉有劲了，尤其是老单，吃了满满一碗。他想吃饱些，今儿个的活得出力气干。

出了门，老单知道今天是个晴朗的好天气，没有风，初秋的太阳还是像夏天那么热，从一早就能感觉到。

老单说："小玲，走，跟我去看看你们家。"

老芦家的钥匙由家雀妈保管着，老单要了钥匙，领着小玲来到了老芦家的院内。院内，白杨树的叶子落得不多，大多被风吹到花园墙角和屋檐下，几只被哈小凤赶跑的麻雀又叽叽喳喳衔着草茎，重新忙碌着筑巢。老单提起扫帚，那是老芦新绑的扫帚，扫帚的腰身处网了一根绳子，将四散的干茎聚拢在一起；扫帚把刮得光溜溜的，抓在手里很舒服。

老单三下五除二将院子里的污物清扫到一处，找来老芦惯用的超级大铁锨，将那些污物铲出去。老单提着铁锨站在外面的粪堆旁，看着那大铁锨，想到老芦这个在红柳湾唯一能用这超级大铁锨的人，几天之间就像一只病猫一样，动也动不得了。恐怕，这把大铁锨以后老芦也使不动哩。

老单干完了活，让小玲找了一个干净的化肥袋子，领着小玲出门了。

老单昨晚决定要干的事从此刻开始了。

老单领着小玲，先到了村子南边的胡三喜家。

红柳湾村有三个似断似连的庄子，南边的叫上庄子，中间的叫中庄子，下面的自然叫下庄子，合起来就是红柳湾，形似半个圈圈。

胡三喜四十一二岁，和赵奎儿岁数相仿，却没有赵奎儿壮实。他原来是个民办老师，可惜早年就不干了，谁知道刚刚辞了工作一年，国家要转正在职的民办教师，他只好叹息一番，安安稳稳地当农民了。

老单领着小玲进了胡三喜家的街门，胡三喜急忙出门相迎，还以为老单是来串门的，笑呵呵地说："这么早的，老单哥。这是哪个外孙子？"

胡三喜把小玲当成了老单的哪个外孙子了。

"胡老师，这是老芦的丫头——小玲，你记得吗？"老单说。

"啊——哎哟，你看看，你看看——"胡三喜猛然想起芦小玲的事，不知道说什么好，结巴了半天，说，"这丫头长这么大了。"

小玲抓着老单的手，心里万般惊慌。说她大了吧，其实还小；说小吧，她也懂些事了。

"唉，这丫头的爹住院了，妈妈哈小凤昨天也住院了，老芦的病不轻，这个家要垮了。"老单还没有说完，被胡三喜打断了。

"怎么住院了？老天爷哪——啥病？"胡三喜胖乎乎的脸上露出惊诧。

"老芦昨天的手术，急性胃溃疡，还有其他病。大夫要转院到兰州。哈小凤也是急出来的病，昨天在医院昏过去了，我看老芦家实在不行了，就领着丫头出来，家家帮衬下，钱都紧巴，给装个些麦子，完了我们一起粜了，凑上了让看病，你说呢？"老单这一说，胡三喜听明白了。

胡三喜摸着小玲的手说："老单哥，我知道了，你等着。"

胡三喜出门，进了小房子，很快扛出来一袋子麦子，说："老单哥，钱说实话有些紧巴，我给这一袋子粮食吧！"

"小玲，谢谢胡老师！"老单说。

小玲突然委屈而又感激地鞠了一躬，说："谢谢胡老师！"抬起头来，孩子已经泪流满面。

"算起来你都是我的学生，谢啥。娃娃，谢你老单爸吧！"胡三喜说。

老单扛起那袋子足足有上百斤的粮食，在背上掂了掂，说："走吧，小玲。"

胡三喜说："老单哥，我给你送过去吧。"

"不了不了，你忙你的，我完了给老芦写个单子，他就知道了。"说着，老单背了粮食，身后跟着小玲，向小玲家走去。从庄子的最南面走到庄子中间的老芦家，足足有一里路远，老单背得还是很吃劲。

到了家里，老单已经上气不接下气，小玲也懂事，急忙抱了一捆子干树秧子，点着了灶火，烧了水，让单爸喝了些。老单让小玲拿来一个本子，上面让孩子记了一笔账：胡三喜，一袋麦子，一百二十斤。

老单一早上跑了最南面上庄的五家，第二趟下来，实在累得不行，第三趟的时候，他走进了他的老兄弟——家雀大姐的干爹老陆家，老陆和老单岁数相仿，也是六十多的人了。当年，家雀的大姐也是小玲这么大的时候，可是正正经经给老陆磕过头戴过长命锁的。现今，家雀大姐回来了，还会偷空背着女婿，去看看干爹。

"老单哥，你领的哪个外孙子？"老陆问，"是二丫头的吗？我听说三丫头的是个男娃娃。"

老单说了原委，老陆赶紧叫娃子陆四辈推来了架子车，放了一袋子麦子，又叫儿子拉着车，陪着老单走了几家子，都是半袋子，最少的也装了一斗，是朱二的大丫头未过门的女婿老史家给的。

一则听了朱二原来的话，把老芦家视为敌方；二则娃子打算腊月十五送礼，至少也是五六万，如今凡事节俭成了老史家过日子的原则。

老单也不提朱二七长八短的事，还是笑呵呵地装上了麦子，背到了外面的车上。

架子车上的粮食几乎装平了车帮子，四袋子多一些，陆四辈拉着，老单推着，小玲坐在上面，晃晃悠悠，向家走去。

等老单到了中庄子，庄子里的人知道了老单为老芦捐粮的事，有不想捐的人家避掉了，到了远处的地里干活去了，甚至打算中午也不回家；多数人家准备好了，单等老单回来，主动背到了老芦家。

老单让小玲一一道谢，再让小玲认真地记了账。

一个上午，老单筹集了十四袋子，一千四百多斤。

按照这样下去，上庄子还有十户，下庄子还有将近十户，本庄子还有七八户，加起来至少有四千斤。

中午时分，老芦家的院子里还有很多人。人们打探完老芦的消息，就各自回家吃饭去了。家雀妈也叫老单回家吃饭。

老单进了门，手里还是拉着小玲。

家雀妈支开了小玲，让她去抱柴草。把老单拉到一边说："你这老尿，你这么做以后咋办哩？要是老芦有个三长两短，谁还这人情哩？"

"哎哟，人情一张纸，记得就行，谁指望他还！"老单说。

"老不死的，你这事做的我咋觉得不对劲。"家雀妈还是担心。

"没啥不对劲的，谁不知道老芦现在啥情况！"老单说着，小玲进了门，老两口打住话吃饭。

中午，老单呼呼地睡了一觉，他显然是累了。小玲也倚在家雀妈身边，睡着了。下午，老单又领着小玲去了上庄子。

家雀妈站在门口，目送着老单领着小玲走了，像父女俩，嘴里自言自语："这是积德行善哩。"

下午去的正是蒋九斤家。蒋九斤搞收购，他收的主要是胡麻和大麦，这些年算是挣了些钱。见了老单也很尊重，急忙掏出好纸烟，给老单递了一根，说："老单哥，听说你家家雀考了大学，我们还等着恭喜哩。"

老单说："考是考了个学，但学费生活费就得一千多，正发愁哩。"

蒋九斤说："那怕啥，胡麻卖掉也差不多吧？"

"胡麻还在地里长着哩——"老单点着烟说。

"你估摸着有多少斤？"蒋九斤说。

"四亩地，也就六百斤吧。"老单说。

蒋九斤说："我还以为啥事，你这个老哥，钱我给你预支掉，让娃娃去上学！"

蒋九斤说着，就从皮包里掏出了六百块钱，说："到时候把胡麻拉来就是了。你给我打个条子。"老单听了这话，收了钱，千恩万谢，让蒋九斤打了条子，自己盖了指印。

老单做完这些，还没有说话，脸就红了，让蒋九斤捐粮捐款的话再也说不出口。半天才把老芦的情况说了，蒋九斤又拿出了一百块钱，说："老单哥，家家门上照的一个太阳，谁没有个大灾小难的，行，这事情和你的事是两码事，你也别不好意思。你拿着，交给老芦，算是我的一点心意。"

"这是老芦的丫头子，她记着账呢。"老单攥着钱，拉着小玲说。

"记啥账啊，老单哥，不要记了，你就给他大概说一下就行了，不然人家心里有压力。我也出不去，过几天有时间我去看他。"蒋九斤说。

老单说："账要记，话我慢慢再给你说。"

上庄子的人条件好些，一个下午又装了满满一车子粮食。老单一天干了这么多的事，心里很顺畅。

下午回来，下庄子几个听到风声的人耐不住了，也背着粮食，到了老芦家。

晚上家雀回来，听爹给他筹到了学费，心里也很畅快。

一家人正说笑之际，朱二进来了，家雀领着小玲去别的屋里做作业。朱二寒暄了几句，就说医院通知这两天叫抓紧转院，否则人有危险。钱的事儿，他想截些丫头的彩礼（截彩礼，就是和没有过门的女婿预收彩礼钱）。

　　朱二这次是动了真要替儿子还孽债的，他甚至不惜代价。

　　"二兄弟，你是真心帮老芦，这事情你做得对，但你也不要背着包袱。截彩礼这话传出去不太好，你再想想。钱还得多少？"老单说。

　　"有啥不好的，人已经丢了，不怕丢大。娃子不干这事，老芦家好好的，现在这祸根子就是我的朱尕兔，这账我得背，谁也清楚得很。"朱二说的时候也不避家雀妈，"钱我估计至少得五千，大医院花钱肯定多。"

　　"五千！这两天我化了些粮食，明儿个再一天就完了，总之四千斤没问题，赶紧把这粮食明早就去变卖，变个三千块钱没问题。"老单说。

　　朱二说，大家伙儿的是大家伙儿的，我的是我的。家雀妈又问哈小凤的情况，朱二说，哈小凤倒是好多了，还给丫头买了一双丝袜子，叫我给你们。

　　老单一听哈小凤让朱二捎东西，说明哈小凤的那股子气消得差不多了，心里好受多了。家雀妈接过袜子，心里有说不出的难过，抹了两把眼泪说："这女人可疯不得，她好了，这丫头就有救了。"说着出了门，到侧房给小玲送袜子去了。

次日一早，老单叫来赵奎儿和雷五，将已经收来的粮食装上了车，家雀、薛大头押着车，急急去了鸡爪子滩粮站变卖。老单自己又领着小玲去了下庄子的几户人家。

中午时分，朱二开车把最后收来的粮食拉走了。临走前，老单又把自家的粮食搬出来两袋子，搬到了车上说："卖的钱你让家雀或者赵奎儿拿着，卖完你们就上大靖城，我随后就到。"

"老单哥，这就好办了，我又从女婿子手里截了两千，五千怎么也够了！"朱二说得很轻松，似乎是了了一桩心事。

老单只好摆手说好，朱二开着车走了。

老单要去大靖，生怕小玲要跟，想领上小玲，又不敢领。问家雀妈，家雀妈说："还是算了，要是去兰州，娃娃跟上也不方便，吃吃住住的，再说老芦真要有个三长两短的，不要把娃娃吓着病了。"

家雀妈瞒着小玲，给老芦和哈小凤找了几件换洗的衣裳，装进背包里，老单一个人悄悄走了。

十二

老单到了大靖，家雀和朱二已经先他到了。

见了老芦，老单心里咯噔一下，他感觉老芦难好了。老芦的脸色很不好，眼神也似乎差得远。

老单坐在老芦病床前闲说了一阵，心里不踏实，倒是见哈小凤好了许多，不再胡说，显得很理智。老单也想看看哈小凤究竟咋样，就给她挤了个眼睛，出门去了。一会儿工夫，哈小凤果然出来了。老单心里明白，哈小凤是真好了。

老单说："你不要愁，还有娃娃哩，这个时候，你要是不长精神，别人就更没办法救老芦了。就是死马当活马医，也要救他，明天就转院，先到凉州。钱，三个庄子上的人们筹集了三千，朱二又从未过门的女婿手里截了两千，总共五千。我算计着也差不多了。"

"又是筹集，又是让人家截彩礼，我心里……"哈小凤声音有些哽咽，说，"不过，你也别怕，只要我哈小凤在，老芦就是死了，这账我背。"

"这话说得好，哈小凤，我老单算是没有白帮你。"老单说，"丫头有你老嫂子，你放心，这娃娃打小就是在我们家里玩大的，不要担心。住两天习惯了，没有啥。娃们小，慢慢就忘记了。"

哈小凤说："娃娃小，遇上这事也没法。老芦要是有个三长两短，就把我和丫头真难住了，这两天我心里害怕得很。"

"由不得人了再说，天是裁刀，人是皮条。老天爷总会长眼睛吧！"老单说着，家雀也出来了，"家雀，你把你朱二爸、哈大哥叫出来。"

很快，朱二和哈老大陆续出来。哈小凤和老单站在医院的围墙边上。一棵柳树在阳光下闪着光点。

"我们一起商量一下，我的想法，明儿个就转院，看人的面色，再不能拖了。钱呢，我们庄子上筹集了三千多吧，二兄弟？"老单先开口了。

"三千二。"朱二在一边应。

"还有，朱二兄弟从新女婿手里截了两千的彩礼，总共是五千二，这钱交给谁？我的想法，哈老大，你就拿着，你姐姐操不上这心。再说，出门在外，女人身上装钱也不安全。"老单拉了一下朱二的袖头子。

朱二掏出了一沓子钱，在阳光下面格外显眼，厚实得很："这是两千，是我的；这是三千二，是老单哥一家子一家子筹来的。总共是五千二，兄弟，你数下！"

朱二将钱交给了哈老大，哈老大望着姐姐哈小凤，没敢接。

"拿着，我当着老单哥的面，也把话说明了，朱二哥的钱总共花了五千，这是账，我背。庄子上的钱，老单哥你给我记个账单子，我也记着。"哈小凤说。

朱二一听这话，急了："哈小凤，你就再不要说还账的话了，我朱二不是来借给你钱的，你就给我个脸嘛。"

老单怕他俩在这事上争辩不休，赶紧抢过了话头："哈小凤，朱二兄弟心诚着哩，杀人不过头点地，这是人的心，你也看来了，现在就先不争了，将来再说将来的话。你们说，明儿个转院的事，你们同意不同意，哈老大？"

"好我的老哥哥，你们旁人都这么帮我姐夫，我们还有啥说的？我们弟兄凑了八千，转！"哈老大说。

"好，这就好。转院谁去，怎么去？"老单说。

"我开三马子走，这能省些路费。"朱二说。

"估计不行，还有液体哩。"老单说，"我也问了医院，人家的救护车一趟子武威五百块钱，贵得很，不用又不行。"

"用吧。"哈老大说，这时候哈老二也来了，哈老大问哈老二，"你说呢？"

"走吧，人都这样了，不用救护车我担心出事哩。"哈老二想事情想得周到些。

"那就这样定了，明儿个早早出门。人呢，谁去？"老单说。

"你就不去了，你老哥这岁数，就不要折腾了，我们年轻人去。"朱二表态。

"你在家里还要操心丫头的事，我给他们老家的兄弟也打了电话，可能明天就来了。"哈小凤说。

"也行，那就让家雀去，娃子家，跑个腿灵便些。"老单说，"朱二兄弟你也去，你老成些。你们三兄弟去上两个，加你们的姐姐，五个人。"

柳树上，几只麻雀飞来了，又呼啦啦地飞走了，似乎也商量了一件急事。

老单安顿好了车的事、人的事，还有兰州那边医院的事。晚上还是回了。

老单回到家，天就黑了。一进门，家雀妈问长问短，听完后又长吁短叹，最后说："我今儿个去找衣裳，感觉老芦家那屋里瘆瘆的。"

"满嘴里放炮！没有人，屋里撂荒了，有什么可瘆的。"老单心里也在嘀咕：难道老芦真的挺不过去了？

　　晚上半夜，芦小玲突然从被窝里爬起来喊："爹，你不要走，爹——爹——"

　　家雀妈被小玲的叫声吓醒了，看着黑乎乎的夜色，心里咯噔一下，拉了一把小玲，说："小玲，做了个啥梦？不害怕啊。"

　　小玲这才躺下来，哭着说："我梦见我爹来了，说他要走，不领我——呜呜呜——"

　　"哦，不怕，梦是反的，不怕。"家雀妈心里真有些瘆。看看四周的黑夜，摇了一下老单。

　　"睡吧，没事。"家雀妈这才躺下，嘴里安慰着小玲，却怎么也闭不上眼睛。

　　老单也醒了，合不上眼睛，躺了一阵，起身开始抽烟。正此时，庄子里的狗叫成了一片。老单起身下炕，还没有出门，家雀进了大门，老单问："谁呀——"

　　"爹，我——"家雀一边走一边说，"老芦走了，灵车在后面，他们叫我来先给你说。"

　　老单忙说："你快去叫赵奎儿。"家雀转身又去了赵奎儿家。

　　庄子里的狗叫声像那张网雀儿的黑网，把整个庄子罩上了。

　　老单进门穿好了衣服，叫醒了小玲，小玲揉着眼睛说："这么早起来干啥？"

　　家雀妈就哭了："我的娃，你爹回来了，赶紧——我们去看吧！"

　　小玲惊恐地看着家雀妈的表情，慌乱地穿上衣服，紧赶慢赶跟着家雀妈出了门。村子里的狗都集中到了巷子里。

"奎儿哥——快起来——"家雀在赵奎儿家门口喊。

"老五，老五——"老单在雷五家门口喊。

村口，老单抱来了一抱子新麦草，点着，火光冲天。

赵奎儿、雷五、老薛，还有朱二女人都一边系着扣子，陆续赶到村口。

"娃娃，跪下——"老单叫小玲跪下。

远处的三马子照射出一道光，"突突突"向庄子走来，远远看起来像个怪物。

"喊啊，小玲——喊你爹——"

"爹爹啊——"家雀妈先是哭出了声音。

接着朱二女人、雷五女人同时哭喊起来："爹爹啊——"

在这一带，凡是男人去世，女人无论辈分岁数大小，都哭喊爹爹，表示对亡人的尊重。如果哭喊妈妈，亡人必定是个女人。

"爹——"小玲终于明白了，她爹死了！

漆黑的红柳湾，哭声一片！

被哈小凤捣得居无定所的麻雀们，栖身在屋檐下，惊恐地倾听着四野的悲号。等到天一亮，它们惶惶然飞出巢，飞上某一棵树的枝头，叽叽喳喳商议一阵一天的行程，接着，先后飞临大路口。大路口有一堆烟灰，散发着酒肉烟火的混合味道，纸灰的旁边有肉、面、馒头，还有水果。这群麻雀就聚在一起，坦然享受着美食，你争我夺，毫不客气地吃了起来。

刊发于《小说月报·原创版》2015 年第 5 期

黑面条

一

朱尕兔像只幼雀，从封闭的巢缝里拼命钻出来，扇动着孱弱的翅膀，带着十六岁的浮躁和惊恐，飞离红柳湾这个冬天般死寂的故乡，东躲西藏，他来到了秋日的兰州。从那之后，直到如今，他的耳边一直回响着一种声音，那声音像聚在树上的千万只麻雀般聒噪。

一路上，班车摇晃着他惊恐的心和动荡难平的杂念，伴随发动机的轰鸣，那声音有时候远了，有时候近了。虽说身子算是逃离了那个地方，但他的心思却被那个叫红柳湾的地方死死地占据着，不得摆脱，心上像压了一块石头。

最终他想到了一个解脱的办法——改名字。"朱尕兔"这个符号眼下代表的是强奸犯，公安局随时会抓住他，亮锃锃的手铐随时为这个名字准备着。再说，这名字他本来就不喜欢，尕兔，尕兔，兔子还不吃窝边草呢，而自己，恰恰吃了，还是同村的。他想起十二岁的芦小玲被他一番哄诱后被压倒在秋日的乱草丛中。朱尕兔懵懵懂懂地将那小小的雀儿惊恐放飞的同时，他就傻了。后来，千万只麻雀的鸣叫声一响起来，朱尕兔的心就像一只误飞至屋子里的麻雀一样，扑棱棱乱撞，死活找不到出口。想起那一幕，他胡须初现的嘴脸开始发烧，心急速跳动，他为"强奸犯"这三个字而羞耻。但话又说回来，要想在这世道上生存，他首先要学会做一个厉害的人，尕兔当然不行，大兔也不行，要做一只狼才行。他没有定力去看车窗外面的风景，他知道车的终点就是他的终点，兰州就在班车停止摇晃的地方。想着想着，这个疲惫难耐的孩子终于睡着了，恍惚间，他听到警察大喊："谁是朱尕兔？下车！"他惊惧得浑身颤抖，肌肉抽搐，张不开嘴，说不出话，喉咙里像长满了肉刺，两腮像被胶带粘住了一样，几次想要说"不是我"，但他喊不出来；想要跑，手脚也施展不开，似乎被捆住了，最终他"啊"地叫出了声。睁开眼睛才发现，自己在昏昏沉沉的睡眠中被魇住了。身子还在抽搐，心怦怦直跳，几乎要从嗓子眼跳出来。车上的人陆续下车，提着包，抱着箱子，牵着孩子，像电影画面一样虚幻；坐他旁边那个脸上涂抹了一层粉的女人笑着看他说"到了"，他才意识到他的终点站到了。他长长地吐了一口气，几乎是死过一回一样，将腹内留存的红柳湾的气息吐出去，吸了一口兰州的空气，他在祈盼兰州能接纳自己。

混乱的人群，叫嚷的司机，东来西往的车辆，此起彼伏的车鸣，还有南腔北调的人声。他的心里一直在强调：我不是朱尕兔。他是谁？他自己也没有想好。

　　最终让他下定决心改名字，是他颠沛流离、飘荡在兰州，经历了一件事情之后。

　　来兰州一个月后，朱尕兔身上的钱花光了，咋办？就在他饥肠辘辘，蹲在厕所里拉不出多少屎的时候，他突然感到自己的线裤腰里疙疙瘩瘩的。摸索了一下，里面硬邦邦的，似乎是一卷纸，等他拿出来时，发现是一百块钱！是钱！他惊喜地睁大了眼睛，他的手指微微颤抖，确定是钱！那是他丑事败露，满村流言四起，他潜回家里，在离开红柳湾之前的短短三四十分钟内妈妈的杰作。他在厕所里哭了。他想到妈妈在很短的时间内，流着泪，颤抖着手，在线裤里缝好这个口袋将这钱塞进去的场景。朱尕兔将那钱捋得平平展展，擦了一把眼泪，将钱装入口袋，又谨慎地拍了一下。他拉了一场酣畅淋漓的大便，那大便除了耻辱，还有惧怕和忧愁，他恨不得将这些拉得一干二净。

　　出了厕所，他走进最近的一家牛肉面馆，掏出那张一百元的票子，要了一碗牛肉面，他点的是大宽面，就像他妈做的黑面条一样宽，他很快捞光了面，喝完了汤，不饱，却也不饿。后来，他永远觉得只有吃的那碗用黑麦面擀的面条，一根一根将面稳稳地装进胃里，加上那蒜拌甜菜秆的味道，再打出一个响亮的喷着蒜香味儿的嗝来，那才叫饱。他想起自己临出门时，妈妈端给他的黑面条，面不黑，褐色，却叫作黑面。他知道那是面里最下等的面，是从麸皮里罗出来的。那面条虽然被嚼碎了，装进肚子里却瓷实、饱满，似乎麦子的灵魂就附着在黑面上，而不在白面上。牛肉面属于细粮，经不起折腾、好吃易消化，虽然这牛肉面久负盛名，但对他而言，吃上一碗，远远不能果腹。

朱尕兔出了牛肉面馆，用手背蹭完嘴巴，突然意识到自己老土得很，扭头看有没有人笑话自己，却见门外贴着一张纸，纸上赫然写着招聘服务员几个字。朱尕兔心里暗喜，一个念头出现在他脑子里。他停顿片刻，鼓足勇气，趔身进去。老板见他的眼睛闪着滑溜溜的光，正如麻雀的一双眼睛，说明他是个机灵鬼，问他名字，他说：尕兔。老板是回民，一听他名字里带个尕字，喜欢，就答应了，一月五百。成交。

牛肉面馆管吃管住，早上一碗牛肉面，中午一碗牛肉面，下午还是一碗牛肉面。当朱尕兔端着第一碗不掏钱的韭叶牛肉面，吸溜吸溜吃到嘴里，嚼了又嚼，他尝出了爹和妈的味道。爹的味道是麦香味，那是汗水浇进泥土长出的麦子的味道；而妈的味道是香的，是把麦面一下一下揉成了面团，再拉成了面条，调了众多的调料，加上了一道又一道的情感，最后捞进他的碗里，那味道缓缓地渗透到了他的鼻腔，他的喉咙，他的胃，他的浑身的血液和细胞当中，让他内心一直充满了温情和善良。他细加咀嚼之后，虽没有黑面条那般瓷实的感觉，却尝出了另外的况味，咽进肚子里，他感觉那细细的面条鼓着劲，像是他能够在这个世界上混下去的依据。他踏实了很多，有些微的自豪，少了惭愧。这面条，是自己用本事换来的，是他这个自诩为男人的孩子，进城的第一个收获。

深秋的一个下午。此时，朱尕兔在牛肉面馆上班不到两个月，下班后，他独自坐在面馆前，看槐树荫里的两只麻雀正懒洋洋地叫着。比起老家屋檐下的家雀，眼前的麻雀灰突突的，浑身消瘦，却世故老练，胆儿大了很多；没有红柳湾的麻雀那般灵动，更不如他网在网子里，和芦小玲一起烧烤之后的那五只麻雀。老家的麻雀是跳跃的，吃到了嘴里，嚼了，咽下去，在胃里消化了，它还在跳跃。他感觉老家的麻雀不是鸟儿，而是一种别的东西，吃了那麻雀之后，他的灵魂里多了另外一种东西，让他将芦小玲诱骗到那大渠下，头顶上是潺潺流水，他将芦小玲在混沌当中诱奸了。一想起烧出了香味的麻雀，他的心就开始狂跳，想起赵奎儿的那句话他就恶心："吃了这东西，锅里的面条都能夯起来！别说你那小鸡巴！"眼前的麻雀软塌塌的，莫非是随他从红柳湾来的？他想要找个东西打死那树荫里的家伙，却没有任何东西供他使，手边有几根一次性筷子，他顺手捡起来，像飞刀一样，向树上掷去，两只麻雀惊飞了，消失在钢筋水泥的丛林里。朱尕兔心里有些乱，一群麻雀吵闹般的纷乱旧事涌上心头！他讨厌麻雀，他希望这个世界上的麻雀都死绝了，让所有的人都忘记这个物种，他再也不想见到这令他羞愧得无地自容的恶魔一样的物种！他呆呆地坐在关张了的牛肉面馆门前，不想回宿舍，良久，他独自晃荡到了白塔山下，漫无目的地走着。他偶尔回头，留意山上山下的风景，只见黄河在脚下越来越长、越来越黄、越来越浑；剩下的都是麻雀，树枝上，草丛里，高处低处，叽叽喳喳，无休无止，令他厌恶至极。他原本来这里是为了躲避麻雀，可他走到哪里，麻雀的叫声就在哪里。他不看树，只是低头看路，可是麻雀的叫声却端端钻进了他的耳膜，他快步上山，喘着气，似乎和麻雀竞走一般，他相信，山头是光的，没了树木，肯定不会有麻雀。走着走着，麻雀的叫声果然稀了，他一直走到了光秃秃的山顶。

黄河像他巨大而漫长的心事一般缓缓东流，没有中断，也没有尽头。他坐下来，只有自己，伴随着漫长的心事。好在那漫长的河流还是充满了希望，在夕阳的映照下，变成了一条金河，里面浮动着金沙，这景致终于让他的心情好转了许多。他想，在这远离红柳湾的地方，他尽可以去做自己想做的事情，去寻找自己的饭碗，正好书也可以不读。不远处有一对男女依偎在一起，亲昵地搂抱着，这让他想起他曾经搂抱过的芦小玲，如果她也在他的身边，他必然要好好待她。想着，却又不敢想下去，他害怕芦小玲这个名字，就像害怕自己的名字一样，这个名字让他羞愧，他的脸在发烧，心又开始快速跳跃，像见到了麻雀一样。最终，他又开始恨一个人，就是赵奎儿，这个让他离开红柳湾的罪魁祸首！就是赵奎儿的那句话，让他的人生急转直下，在这充满罪恶的回忆和不断的自责中，朱尕兔的时间被罪恶感偷去了，但也总算是有了充足的时间和空间，胡思乱想了一番，已经日暮黄昏，天色暗淡。下山的时候，他的心情好多了，毕竟想到了要为那些罪恶去担当些什么。

朱尕兔缓缓下山，麻雀还在树林里叫喊，他无比憎恶地快步走过树林，希望尽快从这聒噪的麻雀声中逃离。突然，林中小路边闪出几个人，他还没有看清楚，就感觉鞋被踩了一下。他回转头，看见一张狞笑的脸，他拧着脖子，向后问："你踩我鞋干吗？"这是他来兰州学的并不地道的普通话。没想到，这句普通话的尾巴还衔在嘴里，他的左脸已经被人重重地抽了一记响亮的嘴巴子。他被这一击打蒙了。朱尕兔眼前站着一个满脸青春痘的汉子，那张脸几乎要贴上他的脸，目光像刀一样直刺他的眼睛，充满了嘲笑。朱尕兔退了一步，站住脚，抻着脖子问："你……"话还没有说完，他的右脸又被重重地扇了一个嘴巴子，他下意识地闭紧了眼睛，没有看见那只扇他的手。被扇的嘴巴并没有多疼，但是像一团火，烧得朱尕兔大脑瞬间空白，他没有了意识，无助而惊慌。他下意识地捂住脸，接着本能地说了两个字："咋哩？""还鞋（鞋方言音 hái），连也不会说！土锤！"那家伙打他的理由竟然是因为他说的普通话不标准！朱尕兔明白了，他突然在黑暗中笑了，声音绵软得像一根软塌塌的面条，说："没啥。"因为他猛然想起，他的鞋里面藏着他从裤腰里找到的钱，还剩八十三块。他蹲下身子，故意装作提鞋。他的左脚丫子在鞋里扭动了一下，鞋垫下面硬邦邦的。这是他藏钱的好办法，是他到兰州之后的发明。他感觉到了妈妈的存在，脑子突然清晰了，他蹲着身子，吭哧了一声，想要说什么服软的话，前面的那家伙已经用兰州话开腔了："没啥！皋兰山上贴瓷砖，小事一桩！叫你娃学了个理，有个啥？没啥！老子好好一对手掌子疼得很！拿银子，交学费！"朱尕兔站起身来，说："老哥，我哪来的钱哩，才从乡里来，连肚子也混不饱，"说着，手已经伸进了裤兜，"就这些。"朱尕兔掏出裤兜里的三块多钱，递上去。"手电！"站在前面的家伙喊，一把掠过了朱尕兔手中的钱。一束亮光横照过来，落在那钱上面。"哄老子！洗！"朱尕兔没有动，像只瑟缩的兔子，他不懂这"洗"是什么意思。几双手粗暴地在他周身摸索，一只手甚至摸到了他的下身周边，他有点害羞。对方一番搜索后，证实朱尕兔的确再没有钱。"穷蛋，滚！"那家伙用兰州话骂了一句，朱尕兔像兔子一样从白塔山的半山腰里瞬间消失在黑夜中。

进门后，宿舍里的孩子们正用临夏话激烈地讨论着什么问题，他没搭话，也没有多看他们一眼，黑着脸上了床。躺在床上，只听见尕蛋站在他的床前，问："阿门了？"意思是咋啦。他没有回答。此时，旧耻和新辱交织在一起，让他不能入睡。在别的孩子沉沉入睡、说着梦话时，他打定主意，必须得改一个名字。改个什么名号呢？他所在的尕努牛肉面馆的老板常说一句话："跟着狼吃肉，跟着狗吃屎。"索性改一个名字——狼吃肉，想到这个名字，他有些自豪。但是，哪有姓狼的，索性改成郎，好！这个郎姓还有些少数民族的意思；吃肉，吃肉就是有肉吃，有肉吃人就胖了，人胖了就是肥，肥就是飞。好！就郎飞了。索性就叫郎小飞。这名字好，郎小飞，一只会飞的狼！时尚着哩。此时，《北方的狼》在兰州满大街唱了好几年了。可是尕兔这名字在尕努牛肉面馆里人人皆知，只有换个地方，才能改成名字。朱尕兔想着想着，迷迷糊糊睡着了。

干满了三个月的那天一早，朱尕兔要辞职。老板发了他四百块钱的工资，硬生生扣了五十块钱不发。朱尕兔立在饭馆，死活不走，黏着老板要钱。大清早，正是吃早饭的高峰，朱尕兔不走，势必会影响生意，老板急了。

"你还不走，干啥？"老板拧着脖子说。

"你不给钱，我就不走。"朱尕兔也拧着脖子。

"滚出去——"老板推搡着朱尕兔。

朱尕兔缩着屁股不出去："给钱，我就走。"

两人推搡到了门口，老板趁势一脚将朱尕兔踹了出去，朱尕兔摔倒在油腻的门口。朱尕兔爬起来，扑上去要打那老板，却被一帮子小哥儿们抱住了。

"干啥干啥？"一个高大的人站起来喊。

"你少管闲事——"老板黑着脸说。

"今天这事儿，我管定了！看清楚，我是西部晨报社的记者部主任，我姓扈——"那个高大的人立在矮小但结实的老板面前，亮出了记者证。

"他欠我工钱不还——"朱尕兔满身泥土，歪着身子说。

老板二话没说，拿出一张五十的票子，扔给朱尕兔："行了吧？"

朱尕兔捡起钱，瞪了一眼老板，走出了饭馆。时令已然是冬天，因为扈主任，朱尕兔在单薄的衣服里没有瑟瑟发抖。

朱尕兔站在门外等那个扈主任，那人还在饭馆里和老板理论着什么。等他说完出来，朱尕兔说："谢谢领导！"

"没受伤吧？姓啥，小兄弟？"扈主任问。

"好着呢。我姓郎。"朱尕兔回答道。

那人笑了，说："你姓郎，我姓扈，一狼一虎，好！"

这时候，尕蛋出了门，黑亮的眼睛笑着，说："走啊，发达了不要忘了穷兄弟唔——"尕蛋比朱尕兔小两岁，瘦小的身子，脸蛋上挂着一团红血丝，头上戴着一顶无檐的白帽子。

　　朱尕兔说："你自己操心啊——"

　　"尕蛋，干屎啥呢？快来干活！"老板在里面直喊。

　　"找到好活的话，叫我唔——"尕蛋挤了一下眼睛，急忙掀起了油腻的门帘，一股子热气扑出来，尕蛋钻了进去。

　　扈主任站在旁边，看着这两个孩子的离别场面，他拿着一团白纸擦着嘴，不经意地问："不干了？"

　　朱尕兔低沉地说："不干了。"

　　扈主任这才用眼睛认真地看了朱尕兔一眼："干啥去呢？"

　　朱尕兔的眼睛看着白光光的大街，说："大街上踢石头。"

　　"去报社，干发行，去不去？"扈主任问。

　　报社？发行？朱尕兔知道报社，发行是啥他不懂，他忙问："发行是干啥？"扈主任笑着说："送报纸。"朱尕兔这才知道遇上了好人，连忙说："好好好，去。"

　　扈主任领着朱尕兔来到了发行部，他感受到了来自陌生人的温暖。扈主任问他来自哪里。朱尕兔灵机一动，说："肃南。"肃南在哪里？朱尕兔其实也不知道，只是觉得远，他才这么说的，他不能说自己来自红柳湾村。扈主任低低说了两个字："远啊。"

　　朱尕兔像个孩子跟在扈主任的身后，来到了西部晨报发行部，站在发行部主任面前，他用仅有的本事吃力地填了一张表格，当天，他被分配到城关发行站零售部。

从此，朱尕兔便是郎小飞了。

清晨，郎小飞站在白银路公交车站，将属于自己的一百份报纸抱过来，和二十几号零售员一样，蹲在地上，学着老发行员样子，将一码子报纸侧面摊开，斜捋过五份，一五；再捋五份，一十；十五、二十、二五、三十……五十份拿过去，再来五十：一五、一十、十五、二十、二五、三十……一百份够了。

郎小飞背起沉重的包，叫喊着："晨报——晨报——"声音像一只冬日的寒号鸟飘荡穿梭在酒泉路以南。他每天都能卖掉一百份报纸，每份五毛，他的经验是在牛肉面馆门口。那些刚刚吃完牛肉面，用一张餐巾纸抹了嘴巴的上班族，正要准备走的时候，郎小飞会及时将一张报纸递到他们面前，说："吃罢早饭看晨报。"那些上班族一般都会毫不犹豫地掏出五毛钱递过来。

二

腊月二十三，小年那天中午，郎小飞遇到了另一个令他心惊胆战的人，这个人比他在白塔山遇到的那群人更让他惶恐不安。

天是阴的，像秋天的雾，但又不是雾，空气中没有水分，饱含一种黑色的尘埃。郎小飞照例来到西北民族大学西门外的一家牛肉面馆附近卖报纸。卖完了报纸，他去吃饭，照例要了一碗二细的牛肉面，他看了看那一个个光洁浑圆的鸡蛋，没有要；再看了看那一碟碟紫色的甘蓝、红色的萝卜片、白绿相间的豆苗，也没有要；再看了看那一片片褐色的散发着浓香的牛肉片，还是没有要。他端着面坐到座位上，将头伸进那碗飘出饭香和蒸腾热气当中，一口一口地吸溜起来，那面热腾腾、滑溜溜的，进入了干冷的嘴巴，香味在口腔里涌动，滋润了喉咙，暖热了胃。半碗将尽的时候，他感觉对面有一张笑脸，似乎散发着一股熟络的味道，他抬起头来，对面果然有一个人笑吟吟地坐着，他的面孔非常熟悉。郎小飞不敢确定是不是那个人，急忙低下头，没有理睬，趁着低头吃饭的工夫，他想，肯定是那人。那人怎么在这里呢？那人脸白净多了，神色也像个城里人，不可能，即便那人是，他也不能承认自己是朱尕兔。郎小飞想好了主意，低头三下五除二将面吃完，再将热乎乎的汤，一大口一大口灌入了喉咙，在这期间一直没有抬头。

郎小飞抓起纸巾，一边擦嘴巴，一边低头就走。这时候，一只手将他拽住了。那种拽法，就是红柳湾的拽法，拽的是他的袖头子。他感觉到那手力度适中，他的想法似乎在那人的意料当中。接着，那手攥住了他的手腕，同时，那个人的声音从众多嘈杂的声音中跳出来："尕兔——"那声音不大，却像一群麻雀猛然吵叫！他脑子里轰的一声，站住了。他看着那张脸，又看着那只抓着他的手，用普通话说："您认错人了，我叫郎小飞。"那人的眼神温情而沉稳，手松开了，说："郎先生，出门说话。"郎小飞没有表情，但他内心恐慌至极，他听到那硬邦邦的、四声重度的乡音。

"我是你家雀哥，我看见你好几次了，都没敢搭话，怕你害怕。"

对面的人正是家雀。家雀用家乡话缓缓说道。有人抬起眼睛看他俩，很快又收起了眼神。家雀没有理会那个人的眼神，继续说："我在西北民族大学上学，接到录取通知书的时候，你已经出门了。马上放寒假了，今天又看见你，想和你说几句话。"

郎小飞看着他，没有说话，眼睛忽而空洞，忽而有神地盯着家雀，似乎是遇上仇人一般——他的确不知道该和家雀说什么，惶恐，惊惧，羞愧。郎小飞的目光拐不过弯来，像一根随意伸出去的树枝。家雀哥和原来不一样了，原来的家雀精瘦，脸上几乎没肉，还长满粉刺，红通通的一个个凸起来，就像沙漠里的锁阳头一般。他是村上唯一考上高中的人，自从他上了高中，只有在周末偶尔能在村里的巷道里遇上他。那时候，他忙于学业，话不多，问他们几个来话语都一样："要吃苦哩，早上几点起床？"或者说："晚上几点睡觉？"问这些话的时候，自己和其他几个娃都羞答答地低下了头。他知道，家雀哥是做学问的人。他知道，今年初秋的某一天一定是家雀的出头之日。遗憾的是，这个初秋却是自己的耻辱之季，自己无缘分享他的喜悦。现在，家雀在对面，眼睛像哥哥，说话也像哥哥，神色更像哥哥。

"我说你听，我马上就要回家了，回去我也好给你爹妈报个信。"家雀说，"我出门的时候，你爹妈都好，就是芦家一家，有些惨——"

"炸酱面，好了——"窗口处传来喊叫的声音。

家雀拉着郎小飞又进去了，他去端饭。

郎小飞想要溜，却被他的那句话牵绊住了心：芦家一家——有些惨。这惨是不是包括芦小玲那个小丫头？郎小飞抬起来的屁股又落下来，看着家雀哥的背影，他的眼神再次紧张，不知如何安放。

家雀端来了两碗饭，转身又端来了两份牛肉。在两个碗里各倒了一份肉，将其中一碗推到了郎小飞的面前，说："吃。"

郎小飞说："我吃了。"这话说出来，郎小飞发现自己还是朱尕兔，因为他无意识地说出了乡音。

"再来一碗。"家雀的声音沉稳而平静，将筷子递过去。

郎小飞似乎不能拒绝，他接过家雀递给他的那双筷子，将那碗面搅拌起来。

家雀一边搅拌一边说："你走了以后，芦小玲的妈疯了，小玲的爹也从外地打工回来了。"家雀吃了一大口面，嚼了两下，接着说："回来后，他又生病住院了，你爹和你妈扑前扑后，帮忙看病，你们家也为他的病花了不少钱。"

家雀吃了一口面，又吃了一块牛肉，嘴里的东西塞满了，不停地嚼着，也不看尕兔，只管嚼着，又偏着头看了看周围的人。

郎小飞也跟着吃了一口面，刚刚吸溜进嘴里，家雀说："治不好，最后，就在我来兰州的前几天，老芦死了。"

郎小飞彻底被打回原形，变成了朱尕兔，他味觉顿失，停箸难咽。

"吃，边吃边说——"家雀呼噜呼噜吃得很得劲，没有给郎小飞说话的机会，只是用这种动作引诱他将这顿饭正常吃下去。

郎小飞将牛肉放进了嘴里，嚼了两口，味道出来了，大脑却不听使唤，又听到家雀呼噜呼噜的吃饭声，接着又听到他像讲别人的故事一样说："肝癌。死了就死了，是他的命。我帮着埋完了老芦，才来上学的。"

郎小飞此时完全变成了朱尕兔，他想知道的是芦小玲的结局，他知道芦小玲是被他糟蹋过的，这个名字一直在折磨着他，他也愿意将这个名字安放在自己身上，这样他才觉得自己曾经是朱尕兔。

谁也没有说话，两人似乎吃的不是饭，而是那段往事。朗小飞恍恍惚惚吃完了饭。

"我在做家教，想挣几个钱回家过年，你知道你单爸爸，也老了，苦不动了。"家雀在吃完最后一口面的时候说。

朱尕兔的喉咙突然被什么噎住了，咳了两声，他的碗里便掉下了一大颗水珠子。饭馆子里的几十个人都在低头吃饭，没有人注意到他的这一举动，唯有家雀，看着朱尕兔。

"我在外面等你，你慢慢吃。"家雀先出门去了。

家雀在门外等了一会儿，朱尕兔出来了。家雀说："我明天就回家了，你先住我宿舍，我给同宿舍的同学说好，就说你是我弟弟，叫单小飞。边走边说。"

家雀领着朱尕兔走进了校园，穿过干枯的丛林，穿过冬日枯黄的花园，来到中文系的宿舍楼门口，进去了。

家雀让朱尕兔坐在自己的床上："这是我的铺，你住下，天冷了，宿舍里有暖气，等我过完年，回来再说。这一百块钱你拿着——"家雀掏出一百块钱，递到了朱尕兔的面前。

"家雀哥——"朱尕兔捏住家雀的手，声音哽咽。

"像个男人！"家雀说。

"我有……钱……"朱尕兔终于忍住了泪水。

家雀说："吃好，你正是长身体的时候，不要惜钱。"

"够花，知道了。"朱尕兔说，"你回去不要告诉我爹妈见到我的话。"

"我知道怎么说，你放心，我还能把你送到局子里去？"家雀说的这句话后来成了朱尕兔日夜思量的话题：怎么做，才能对得起他们呢？

朱尕兔匆匆结束了和家雀的谈话，出了门，回头看了看站在宿舍楼门口的家雀，他突然又变成了郎小飞，急忙离开了家雀，也离开了朱尕兔，但离不开往事。

朱尕兔并没有住进家雀的宿舍。次日下午，他悄悄将家雀给他的那把钥匙和一封信放在了家雀的宿舍。朱尕兔明白，在兰州，虽然家雀是他最需要的人，但思来想去，不能牵绊家雀，自己是罪犯，是蒙羞的罪犯，家雀是大学生，前途无量，如果自己正常出门打工，遇上了家雀，将是最美好不过的一件事；而眼下，尽管家雀给他钱，让他改名字，让他住进自己的宿舍，但这些他都不能接受。他唯一觉得安慰的是，还有关心他的人在他身边，在他最需要的时候给予他力量，这就够了。

他决定尽快辞去工作，换个地方，摆脱家雀。

报纸上每天都有海量的广告信息，朗小飞专门看广告版，他想在春节后离开报社。否则，他变成郎小飞只能是幻想；他要摆脱家雀哥的想法，也只能是虚妄。在他看来，眼下只要摆脱了家雀哥，他就摆脱了红柳湾，摆脱了那段往事，就算是摆脱了罪恶。

腊月二十七，所有在城市里务工的乡下人都在谈论着一个话题：回家过年。报社提前发了工资，领到工资的人纷纷回家。朱尕兔也离开了报社，他手持一份报纸，这份报纸的分类信息里有一则广告：招聘太阳能热水器维修工学徒，月薪1200元。这个消息对于他来说，无疑是瞌睡遇上了枕头。

他拿着报纸找到老板，老板说："今年冬天冷得很，热水器冻坏的多，过年前人人要洗澡，你要干，就不能回家过年，跟我维修机器，过年给你两倍的工资。"

朱尕兔表面显得勉强，内心却痛快至极。

三

家雀做家教，是迫于无奈。在放寒假前半月，他已经亏损了上百元，他决定假期做家教，一则可以弥补亏损，二则可以挣个过年钱。他又怕不按时回去，爹妈着急，在放假前两天，给贩粮食的蒋九斤打了电话（村上只有他家里有电话），麻烦他捎个信，告诉爹妈，自己年前才能回家。

做出这个决定后，家雀开始张贴小广告，在学校附近的白银路、酒泉路、永昌路的居民区贴了十几份广告单。很快，电话联系的人有六七家。刚开始，有两家问询后知道他才是大一的学生，再没有联系。后来家雀自称是大三的学生，最终有四家决定请他上课。一开始做家教，家雀心里有些胆怯，有一家要求去家里上课。去城里人家，进了门还要换拖鞋，孩子的父母亲还要旁听。家雀去了，敲开了门，那家人客气得很，一声声叫着老师，家雀自然找到了认同感。先是和家长进行了面对面的沟通，接着开始上课，他补习的是数学，对于初中的数学，家雀是不在话下的，加上他本来就懂得孩子们的心理，循循善诱，几节课下来，家长孩子都很满意。他每天带四个学生，早晨两节课，下午一节课，晚上一节课。每个学生每节课收费二十元，每天收入八十元钱，这对于家雀而言，已经是发财了。二十天下来，家雀总共赚了一千五百多元，他高兴得很，心里偷着乐。原本还在为自己下学期的学费发愁，因为冬天家里不会有任何收入，爹老了，出门打工都没有人要，只有靠家里的那头老母猪，如果下了猪崽，尚能换上几个钱，如果下得少或者不下，下学期的学费就是大问题了。他怎么也没有想到，家教市场如此红火。

这一千多元足够他下学期的所有开销。何况，他答应了学生家长，开学前十天返校上课，还可以挣到好几百。下学期他还可以在晚上和周末继续做家教，这样他不但可以补贴自己的用度，而且完全可以给父母亲寄些钱回去，补贴家用。而家雀觉得最大的收获是遇到了朱尕兔，这是他回家去给爹妈和朱尕兔的爹妈最好的交代，也是给红柳湾最好的交代。

家雀回到家，已经是腊月二十五。爹还没有杀年猪，家雀知道是咋回事——肯定是母猪不争气，没有怀上猪崽，或者是下了死猪崽。家雀没敢多问。

晚饭后，家雀坐在炕沿上，妈坐在他身边，爹躺在炕中央，家雀说："爹，明天我们杀猪吧，都腊月二十六了。"

爹没有说话，妈忍不住了，说："娃子，今年母猪不争气，就下了三头猪娃子。我和你爹想把年猪卖了去，过年还有三只大公鸡，也就够吃了。"

家雀低头故意叹息，说："这母猪咋这样，人正指望着它，说不下就不下了，把这母猪杀了，年猪卖了，正好年也过了，下学期的学费也有了。"

妈一听这话，急了："傻子，这不行，年猪杀了行，母猪杀了，以后就没指望了。"

家雀还是坚持："杀了去，妈，这猪不如杀了。"

爹这才着了急，说："母猪不能杀。年猪杀了，你们好好过年，学费我想办法。母猪杀了，那是作孽。这猪都下了有上百头猪崽了，你身上的衣帽鞋袜，上学的学费，都是它的，实在也老了，怪不得它。怎么说也不能杀，实在不行，赶出去，送到荒滩上，让它自生自灭也罢，杀不成！"

妈一听这话，眼泪汪汪，呜咽着说："十一岁了。"

家雀说："不杀就不杀啦，哭啥哩，妈？"妈说："哭啥哩？人畜一理，老了不中用了，你就要杀了！杀了母猪，我也不活了！你说你心狠不狠？"

家雀本来是和爹妈开个玩笑，没想到玩笑开过分了，爹妈真信以为真了，他急忙把妈的手从脸上拉下来，说："妈，哎呀——我肚子疼——快快——这地方，感觉是肠子断了，你摸摸——"妈的手触到了家雀的腰里，感觉腰里怎么鼓起了巴掌大的一块，哭声立即止住了："我的老天爷啊，他爹，他爹，你快摸摸，娃子的肚子咋成这样了——"

　　家雀趁势躺倒在炕上，老单见这光景，急忙翻起身来，伸出粗手掌，一摸，这哪里是肚子咋啦，一把将那东西从家雀腰里扯出来："肚子？你看看这副肠子！"家雀笑得在炕上滚，妈一看，原来是一个厚厚的牛皮纸信封，她捏着那沓东西，瞪着眼睛嗔怒："死娃子，吓死妈啊——"家雀说："妈——还是你的娃子比猪要紧吧？你打开看看，就知道这猪杀不杀了。"

　　家雀妈小心地打开手里厚厚的信封，一下子惊呆了，她从来没有见过这么多的钱，全是十块的新票子，一张一张，码了一沓子。她的脸色突变，压低声音喊："老天爷啊——娃子，哪来的？"老单见了这么多钱，也停止了抽旱烟，把旱烟锅定定捏在手里，只是没有表现出太大的惊奇。他想问是多少，而老伴问哪来的。家雀回答妈："兰州街上拾的。"妈瞪着眼睛，知道这是儿子撒谎，说："娃子，究竟哪来的？"家雀笑吟吟地说："兰州银行那么多，随便哪个银行进去，还不得抢他个十万八万。"妈急了："娃子，究竟是哪来的这么多钱？你出门在外，可不敢……"家雀笑了："妈，抢了银行，我还能回来吗？"

　　老单终于忍不住了，又点了旱烟，说："你就快说，是不是借的？"家雀关子卖够了，说："放心，妈，是我挣的。""你咋挣的？现在外面乱得很，你可不能干乌七八糟的坏事。"妈急忙又说。家雀这才告诉爹妈，这钱是他如何挣来的。妈斜瞪着的眼睛缓缓垂下来，继而眼睛湿润，最后用袖头擦了一把眼泪，笑着说："我的娃能挣钱了！"这才亲切地捏着那钱，反复抚摸，就像捏着儿子身上一块一块的肉一样。

　　"妈，你数一数，多少？"家雀说。

　　妈将那裂口的食指伸进嘴里，蘸了唾沫，一张一张数起来，数到二十三张，她的手已经攥不住了，等到再攥好了钱，又忘了数字。家雀看见妈的三个手指肚都裂开了口，周边结了痂，中间还血红血红的。他知道妈手指整天在冰水里泡着，她为的是这个家，家雀心里一阵难过。爹躺在一边笑话妈："你看你捏上那么几个钱，就慌了神了。"妈红了脸，说："你一辈子也挣不来这些钱，你啥时候见过这么多钱？精屁股笑话衩衩裤。"家雀感觉到屋里亮堂多了，原本昏暗的灯泡一下温暖而明亮，爹妈的脸上浮现出了久违的笑容。

　　妈重新开始数。爹说："你自个儿还上学，能教好人家的娃娃吗？做老师，可不是玩的，人家的子弟不能误，教不严，师之惰！不是钱多钱少的事情，你要好好讲，钱一阵子就花了，人要活一辈子。"

　　"初中的课，行哩。"家雀说得很平妥，老单再没有教训。家雀又问爹，"爹，哈小凤咋样了？"

　　老单看了一眼儿子，不愿说，收回目光，看着自己的烟头，说：

"好着哩，你明儿个过去看看。"

"爹，我碰上朱尕兔了。"家雀说。

老单激灵了一下，似乎是儿子亲眼见了一个死去的故人一般，他瞪着眼睛说："啥？不能胡说！"

家雀说："我知道。真的，他在报社卖报纸，我碰上了，临回来的时候，我把他安顿到了我的宿舍，我宿舍有暖气。"

家雀妈正数得起劲，听得这话，停下来，又忘记数了多少。索性把钱再合起来，说："娃子，不能胡说啊！朱二也够艰难的了，钱都为芦家花完了。"

家雀心里明白妈和爹的意思，无非是怕这话传出去，让公安局抓住了朱尕兔，朱二不是赔了钱财又折人？！

"我知道，事关人命，我咋能胡说？尕兔都不让我告诉他爹妈。"

"还是报个平安，朱二和他婆姨就安心了。人心都是肉长的。朱二为了老芦的事情，把年猪也提前卖了，卖了还账。唉，娃子造的孽，老子背起来了，也算汉子。"老单说。

"那娃子混得咋样？你少联系那娃子，不是个好东西。"妈怕家雀缠上尕兔也学坏了，也怕儿子被朱尕兔牵连了。

"你这人，咋少联系？娃娃才十五六，多大的人？懂个啥？在那大地方，不联系他，联系谁？"老单翻了脸教训老伴。

"联系谁？犯人，公安抓的人。你老糊涂了？"妈也不示弱。

老两口争吵起来了。

"哎呀，行了，你们动不动就吵。"家雀说，"妈，我一天就能挣一百多哩——"

老两口听得这话，才安静下来。

除了家雀从兰州带来的年货，一家三口细心计划了年货购置：碗筷要添置，这是讲究；炮仗要买，图个喜庆；红纸要买，春联要贴；烟买两盒，酒买一瓶，来人要招待……这个要买，那个不用买。总之，不必要的东西绝对不买。

次日一早，家雀去看哈小凤。家雀提了两斤白糖当礼物，还给芦小玲买了几个作业本和铅笔。

家雀进了门，就喊："嫂子，在不在？"

"谁呀？"芦小玲揭开门帘，见是家雀，撩起门帘，跳出来，"家雀哥——"话说出口，小玲觉得自己太小了，叫他哥不对，又急忙开口说："家雀爸——"

家雀见小玲在半年之内突然长大了，像个十六七岁的姑娘了，小玲一对大眼睛闪着光，脸蛋白皙，个头跟了老芦，长高了许多，她要不叫家雀哥，他都认不出来了，会以为是谁家亲戚的女子。小玲也懂事了，知道大小辈了。家雀笑着说："就叫家雀哥，小玲，长这么大了啊？你妈呢？"

"在呢，快进屋，家雀哥。"小玲掀起厚厚的门帘，一股子香火味从门帘里钻出来，直冲家雀的鼻子。

家雀进门后，迎面的供桌上供着一幅菩萨像，高抵屋顶。那菩萨面色祥和而庄严，一手端着玉净瓶，一手捏着杨柳枝，目不怒而含威，唇不动而言说，衣袂飘飘，庄严自在；菩萨前面供着果品，供品前面是一个白瓷大香炉，里面插着三炷香，香烟缭绕，因为家雀进门带来的微风，三炷香的三缕烟线被吹得扭曲了身子。

屋里弥漫着一股神秘的味道。这家咋变成了庙宇？

哈小凤盘腿在旁打坐，比先前更加憔悴，没有血色的嘴唇翕动着，默念着佛经。

家雀没想到哈小凤信了佛，面对此情此景，他急忙双手合十，揖了一礼。

"家雀哥，你别管她。快坐下，"芦小玲急忙让座。家雀坐在炕沿上，小玲一边收拾杯盏，准备为他沏茶，一边说："自从我爹死了以后，我妈每天为我爹上香，后来我爹'七七'满了，她不知道咋的，就信上佛了。"

小玲话来已经像个大人，在行得很，也成熟得很。

家雀说："信仰是每个人的自由，信佛也是信仰。"

小玲说："我才不管呢，我上我的学，她拜她的佛。"

家雀说："对，你要好好上学。咋样，成绩不错吧？"

小玲说："跳了一级，有点跟不上，将就念着，我念不进去，不像我妈，念得好——嘿嘿——"小玲说着，看了眼在一边打坐念经的哈小凤。

家雀也不好批评小玲对妈妈的不恭，轻轻在小玲的鼻尖上点了一下。正此时，哈小凤才缓缓起身，磕头一拜，算是功课完毕了。

"家雀，我们的大学生放假了唔？"哈小凤说着，似乎早就忘记了老芦的悲伤往事。

家雀心里想，已然如此，她如果能忘了往事，岂不更好？没想到哈小凤坐在家雀旁边，抓住家雀的手，满眼的泪珠子就滚下来了，泪水涟涟。

"妈——"小玲瞪着眼睛，喊了一声，"家雀哥才来，你就——"

"啥家雀哥？叫——家雀爸！"哈小凤哽咽着说。

"他让我叫哥，我就叫哥。"小玲说。

"快去倒茶去，调些糖啊——"哈小凤将小玲指使到了套屋里。

"嫂子，你念经也好。"家雀不知道再说啥好。

哈小凤用袖头子抹了眼泪，清了清嗓子，说："家雀，你知道，庄子上有些人毛病不好，我一个寡妇拉娃娃，白天丫头走了，我一个人，不好过；设了经堂，谁敢在我的经堂里撒野，谁就下地狱！"

原来如此。家雀明白了，哈小凤设经堂，是为了保护自己。

小玲端来了酽酽的茯茶，暗红暗红的。

家雀端起茶杯，喝了一口，涩涩的茶香中掺杂着淡淡的甜味。在这家里，家雀突然明白，这就是生活的味道，这就是红柳湾的生活的味道，主色调是苦涩的，而其中必然也有些许香甜；就是这苦涩中不多的香甜，引领着他们，让他们有所期待并笑对苦难的重负。

交谈中，家雀知道，事情发生后，小玲在他三舅舅的安排下，提前小学毕业，上了初中，离开了原来的小学。

家雀出了小玲家的门，回家又提了礼行，要去朱二家。家雀妈在后面问："你在哈小凤跟前没有说啥吧？"家雀知道，妈的意思是不能提朱尕兔。家雀说："妈，你简直……能说吗？"

家雀依旧提了两斤白糖来到朱二家，朱二正在扫房，院子里一片混乱。腊月二十五，按照古历的讲究，正是土旺的时候，是扫房动土的好时节。

家雀进门，朱二一家都停下了手中的活计，烧水的烧水，做饭的做饭，这对家雀来讲，算是稀罕事儿。当时，家雀在家里等高考录取通知书的时候，朱二没有少说风凉话，这次却不一样，一则，家雀在老芦的事情上忙前忙后，算是帮了朱二；二则，家雀毕竟是大学生了，半年回一趟家，算是稀客。朱二看着家雀手里还提着礼当，一副惊恐的样子，说："你是上学花钱的人，来看看我们，已经是天大的面子，咋还提上礼当？这让我咋承当得起？"

家雀没有多说什么，只是简单应酬了两句，见朱二女人和他的女儿们都不在，也不拐弯抹角，直说："朱二爸，我在兰州见到尕兔了。"

朱二一听这话，像被人揪了一把，扭转身子，看了看后面，没有人，连媳妇也不在身边，急忙将屁股挪到了家雀的身边，瞪大眼睛："那畜生，你见了？"

家雀说："我回来的前两天见了，人好端端的，你不要愁。我们是在一家饭馆里碰见的，一起吃了饭，我又把他领到我的宿舍里，让他住我的宿舍，我宿舍有暖气。他在报社做发行员，就是送报纸。他让我告诉你们，他好着哩，别担心。"家雀为了让朱二心里踏实，故意把尕兔的话反过来圆了一圈。

"他死他活，老子不管他！你有这心给我说一声他还活着就行了，至于他干什么，我不管！"朱二梗着脖子，决绝而偏执地说。

"这话我给谁也没说，你放心，在兰州有我，我会照顾他，临走前，我给他钱，他不要，他还给了我一百块钱，让我交给你。"家雀不知怎么的，突然觉得需要将朱尕兔说得美好一些，便拿出一百块钱递给朱二。

朱二接着钱，牢牢捏在粗糙的手里，低下头抽着烟，不说话了。等家雀反应过来，他的眼泪已经像透明的长虫，悄然钻进了脖子里。家雀从没有见过五十多岁的男人流泪，两只手不知道放哪里好，正好朱二女人端着茶来了，家雀捣了一下朱二，又抬头笑着看朱二女人，这一动作却被朱二女人看见了，她也没有说啥，盯着朱二红红的眼睛。

家雀说："我就先走了，乱腊月，你们忙。"家雀起身的时候，朱二急忙问他："家雀，你开学到啥时候了？"家雀说他初六就回兰州。

正月初六早上七点，天麻麻亮，朱二女人就在家雀家的院子门口边走边喊："老单嫂，家雀收拾好了没有？"说着，进了家雀家门。家雀刚起床，正洗脸。屋里灯火通明，老单坐在炕头看儿子洗漱。朱二女人是来请家雀去吃早饭的，她对家雀妈说："老嫂子，我做好了，让家雀到我家里吃个饭，让娃他爹开车送我们的大学生去坐车。我和家雀还有几句话要说。"朱二女人说到有几句话要说的时候，眼睛里闪着泪蛋蛋。家雀妈抓着朱二女人的手，眼睛也湿了："去去去，洗完就去，我也做好了。"点头让家雀去。朱二女人还扯着老单的衣袖，也让去家里，老单死活不去。八点钟，朱二在路口开着三蹦子等着，家雀爹妈提着包送家雀过来。不一会儿，哈小凤和小玲也来了，小玲提着一包油馃子，给家雀递过去："家雀哥，我妈昨夜里炸的，你拿去！"家雀接着，又叮嘱小玲好好学习。这两家人在一起，原本互相不说话。朱二女人站在家雀身边，目光盈盈地说："小玲，长大了！"她要拉小玲的手，小玲转身抓住她妈的手，哈小凤没说话。家雀说："都回去吧！"朱二的三马子已经在突突突响动，家雀上了车，去镇上坐班车了。

村口的树上，一群刚刚醒来的麻雀凑在一起，在寒冷中叽叽喳喳叫着，似乎在谈论什么；树下是家雀爹妈、朱二女人和她的两个丫头，以及哈小凤和她的女儿。他们都看着远去的三马子。

家雀回到兰州，穿过烟雾弥漫的街巷，进了宿舍，房间暖烘烘的，但少了些人的味道；放下行李，见床铺还是原样，没人动过；走到桌前，见桌子上摆放着一封信，拆开，里面是宿舍门的那把钥匙，展开信，字迹歪歪扭扭，但却工工整整："家雀哥：我没有按照你的意思住你宿舍，我不能连累你，等以后吧！请你原谅我。"

家雀知道这是朱尕兔的字，写得幼稚而郑重，正如他个人眼下的状态。看看他爹妈带来的一包年货，布包上印着斑斑的污渍，家雀在空荡荡的宿舍里说："尕兔长大了，懂事了。"

家雀收拾好，出了门，吃了一碗牛肉面，来到了西部晨报社。报社也刚刚上班，家雀找到了报社发行部，打听郎小飞，发行部的人查了半天，说有这人，在城关发行站上班，明天出报纸，今天还没有上班。

家雀次日又找到发行站，站长很客气，说，郎小飞年前就辞了职，走了。家雀知道朱尕兔是为了不连累他辞的职，心里有说不出的感觉，但是他相信，朱尕兔还在兰州。

正月十六，学校正式开学，家雀收到了一封来自红柳湾的信，信是朱二的大丫头写来的，问询朱尕兔的情况。

家雀斟酌再三，回了一封信，大概说尕兔现在不在报社工作了，他找到了新的工作，尕兔不让告诉家里。请他们放心，尕兔在兰州挺好的。家雀这么写，一则不能说自己和尕兔失去了联系，如果说找不到尕兔了，朱二一家的心又要开始慌乱；二则，如果说尕兔还在报社工作，朱二肯定会来兰州找，找不到人，朱二一家不知道该有多么绝望。

家雀还时常去那家饭馆，时常去吃最便宜的牛肉面，却再也没有见到朱尕兔的身影。

家雀在反复寻找无果之后，打开那沉重的旧布包，包里装着一包肉，是上好的卤肉，还有两个鸡腿。里面还有一封信，信里面厚厚的，肯定还夹了钱。另外是一些衣物，其中一件是羊毛线织的背心，这必然是朱二亲手织的。朱二手巧，吹拉弹唱，裁缝编织，吃喝炊事，无所不能，是村上有名的"朱万能"，只是一般不常叫。

转眼到了国庆节，家雀给蒋九斤打了个电话，问询家里和村上的情况，蒋九斤说："你爹和你妈都好着哩，我前几天还见了，胡麻我收了，今年价格好些，一斤四块五，卖了一千多。家雀，你需要钱的话，就吭声，我给你寄过去。出门在外，不要难为自己。"

"蒋爸，钱够哩。"家雀想起当年上大学之前，蒋九斤提前给他预支了卖胡麻的钱，解决了让一家人发愁的学费，心里就感动。

"村上都好，就是哈小凤的丫头子，前几天跑了。哈小凤有些傻，整天装神弄鬼，乌烟瘴气。"蒋九斤在电话里感慨着。

"啥？跑了？为啥？"家雀一听这话，急了。

"听说，学生娃们在学校说了那事情的闲话，哈小凤闹到学校，那丫头那么大了，知道羞了，就跑了。"

蒋九斤的话让家雀一下陷入无声。

寒假放假后，家雀照例在补完课的腊月二十六才回家，回家来，爹妈的第一句话就是：芦小玲跑了，哈小凤疯了。

原来芦小玲上了初二，她小学的同学们也就上了初一。新生当中，有不少是她小学同学，还有红柳湾本村的，都知道她被糟蹋的事。学期中，学校组织作文大赛，芦小玲写了一篇作文《我的爸爸》，获得全校作文竞赛一等奖。这篇作文被老师拿到初一年级的班上宣读，作文写的就是芦小玲的爸爸。有几个女生感动得哭起来，尤其是听到她爸爸如何落户红柳湾，如何在外面打工，最后如何生病，病死在医院的事情。有个女孩子一听，说："事实是事实，但她爹的死和她有关，她隐瞒了最重要的事实。"同学们凑在一起，问是啥情况，那丫头说："芦小玲当年是被人强奸了，他爹是被活活气死的，什么病啊！"这事传出去，孩子们似乎听到了头条新闻，课间十分钟之内，这事就在学校传播开来。

就在优秀作文颁奖的那一天，芦小玲刚刚从台上领上奖状奖品，满面灿烂地走下主席台，经过初一年级队列时，有个捣蛋的男生说："把那点丑事抖搂出来，显摆个啥？还获奖？"一群男生都哈哈笑了。芦小玲一看，说话的正是她大姨家那边的一个男生。当时她出事的时候在大姨家躲了一段时间，肯定是那孩子听到了她的事。这话像一块石头，重重地砸在她的心口，芦小玲一下恍惚起来。她不知道自己是怎么走过密密麻麻的人群的，她觉得每个人都用怪异的眼神盯着她，原本是一件无比自豪的事，突然之间，颁奖台成了审判她的法庭。她低着头，好不容易在一个女同学的召唤下，回到班级的座位上，捂着脸，泪水涟涟，再也没有抬起头来。

当时，在场的同学们像一群聚在窝里的幼雀，叽叽喳喳吵闹起来。颁奖结束，班上几个不服气的女生又开始窃窃私语，聚在一起，看着她，故意谈论得兴致勃勃，又不让她听到说话的内容。芦小玲好不容易挨到了下午放学，一路晕晕乎乎的。路过小河边，远远看见她爹的坟头，想要去坟头，又不敢去，就再也忍不住了。她藏在路边的白杨树下，抱着白杨树，像抓着爹粗壮的胳膊一样，捶打着树干，痛哭起来。

红柳湾村上学的孩子本来就少，她一个人哭了很久也没有人发现，哭够了，她拿定了主意，擦了眼泪，回了家。进了门，她笑嘻嘻地给妈掏出了奖状，说："妈——你看这是啥？"

哈小凤认得是奖状，摸着奖状笑，夸自己的女儿争气。笑着笑着，哈小凤的眼睛也模糊了。

"我的作文获得全校一等奖，还奖了一个精美的笔记本。妈，你给我也奖励一下嘛。"芦小玲说着，将笔记本掏出来，递给妈妈，说："看，这个笔记本好看吧？"

"好，妈今天给你好好做顿饭，犒劳一下我的女儿。"哈小凤的声音像卡了带的录音机，变了声调，说得艰难。

芦小玲是懂事的孩子，一边帮妈妈做饭，一边说："妈，你要给我物质奖励，我们班的同学要我请客，我最起码也要给女同学们买点好吃的。"

哈小凤满口答应，其实手头上没有几块钱。吃过饭，芦小玲烧了水洗头。哈小凤笑着说："获了奖，才知道臭美了。"

哈小凤趁机出门，悄悄跑到家雀家，给老单老两口说小玲获奖的事儿，其实是想借几个钱："这丫头，得了个奖，同学们要她请客，这几天忙得胡麻也没有卖掉，哪来的钱。"

话没有说完，老单听清楚了："哈小凤，娃获了奖，就是给你争了气，我也听着高兴，我给奖！老婆子，取上十块钱，等一会儿给娃娃送去。"

"不行不行，老单哥，这钱你给我就行了，这丫头要知道我给你们显摆了，还不把我吃掉？算我借的。"哈小凤急忙挡住了老单。

家雀妈从箱底翻了半天，取出了十块钱，说："给娃娃就行了，这是我们奖给她的，你给我给都一样。再不要说还的话。"

哈小凤回去，见小玲趴在桌子上，在新的笔记本上认真写着什么。给了钱，芦小玲接着，看了看妈，眼睛湿润了。

　　次日，芦小玲比平日起得更早，自己做了吃的，背着书包，说上学去了。傍晚，天都黑了，哈小凤干完活，匆忙回家，见小玲还没回家，她一边做饭，一边念叨："这死丫头还不回家，做好了饭，还不回来。"锅里的水在炉子上翻滚，哈小凤一次又一次点水。天黑透了，还不见人进门，哈小凤出门，站在村口看，远处的路上也不见人影。她心里有点慌，又回到家，把锅从灶口端下来。在屋里转了几圈，又出去看，还是不见人影子。

　　这下，哈小凤急了。回家锁上了门，急忙跑到老单家，说了情况，撂下钥匙，说自己去学校看看。

　　哈小凤到了学校，天已经完全黑了，校园里安安静静的，本村的孩子在教室里无声无息地上自习，她找到了芦小玲所在的初二（3）班，在教室门口张望，没有芦小玲。正好老师查自习路过，哈小凤问老师，才知道小玲今天就没有来学校。

　　哈小凤疯了，转身就往回跑。

　　哈小凤跑到村口，直奔老单家，进了老单家的门，就哭起来。老单正在门槛上抽烟，见哈小凤脸色苍白，神色慌乱，简单问了问，便让老婆子安抚哈小凤，自己去找人商量。

　　老伴急忙挡住了老单："事情还不好说，你张扬啥？"

　　老单又忙忙停住了脚步。三个人商量了半天，老单陪着哈小凤去她的兄弟家找去了。

　　半夜，老单被哈小凤的三兄弟送回来。所有亲戚家都没有找到芦小玲。次日一早，哈家人到了学校，向老师要人，老师知道前天颁奖的时候发生的一些琐碎事，判断这孩子是离家出走了。哈家人找遍了车站、旅馆、亲戚家，都没有找到芦小玲。芦小玲失踪了。

第三年，家雀回家听到了好消息，家雀妈高兴地说："小玲长大了，八月十五回来，洋气得很，我都不敢认了！女大十八变，她进到院子里，我都愣住了——这是谁家的丫头？她叫了一声单婶婶，我才缓过神来。那丫头，原来的黄头发成了黑头发，脸皮子白白净净，长得高高的，个头跟了她爹，长高了，和你都差不多了！她给哈小凤买了不少东西，给了我一双手套，棉墩墩的，暖和得很。她说在兰州打工，我还给了她你的信封子，让她找你。找了没有？"

"没。"家雀总算是松了一口气，难怪哈小凤的病又好多了。

四

有那么一碗面，面条圆润、粗壮，酷似母亲所做的黑面条，吃起来滑溜、热乎，香气扑鼻，吃进胃里，郎小飞盼望它不要消化，一直那么温存地搁着，像一团温暖的炉火，架在他寒冷的心房里，让他不再瑟缩，不再孤独。

这碗面就在兰州的一个街角，酒泉路南口直通火车站西路左拐处，旁边有座三层的教堂，教堂旁边有一个窄巷口，这巷口就是那碗面的所在。面馆有两间旧门面，挂着一块简单的牌匾，上面写着"一碗面饭馆"。进了那家面馆，人就感觉到一种温暖，这温暖不是热气，而是一种味道、一种氛围，让人心里有稳妥的感觉。夏天有一个旧风扇，立在墙角，像一位长者，不紧不慢地转动着，一缕一缕的风就像家的气息一般吹过来，让你焦躁的心顿时安静下来；冬天有一个立式的电暖器，不热，却也不冷，暖气片干干净净，你可以抱着那暖气片暖手。郎小飞总是坐在拐角靠窗户的一张小桌子旁，坐下来之后，有一个身影会轻轻飘到他的身边，一股健康气息混杂着她的体香弥散在他的心上，让他心里猛然跳动一阵子。

"吃啥？"那声音不高不低，不急不缓，像一团棉花，无色的棉花，轻轻熨帖在他的心口。那双小手小心翼翼地托着碗，而不是一个指头掐着碗沿沿。怕指头蛋伸进面汤，那女孩将小碗放在他的面前，倒上面汤，小心地收回那小手。郎小飞觉得这声音正适合她，还有那动作、那情形，都似曾相识。

"一碗面，大宽。"郎小飞说话的同时，鼓起勇气，抬头看她那微红的脸，小巧的鼻子和嘴巴，她的脸精致得像从那教堂里面飘出来的天使一般。

"加点肉吧——"她说，他感觉到她的笑容灿烂。那笑圆润如玉，又像一枚小巧的瓷器，没有任何破损。

"加就加点，本来今天没有挣上肉钱，嘿嘿——"郎小飞说，自己因尴尬而面色泛红。

"吃好了再挣嘛！"她又笑着说，这声音正如她轻盈的脚步，别人是听不见的。

"嗯。"郎小飞端起那碗面汤，喝了一口，不清不稠，混合着

151

青菜味，一口喝下去，肠胃一下被打开了，困乏解除了大半。那面汤里面似乎满含着某种尝不出来的东西，足以让他慌乱的心绪得以安宁。

等到她端着那黑漆盘子，将面轻轻放在他面前的时候，他还是笑着看了她一眼，她照旧给他放下了一个小碗，小碗里面是几瓣新鲜的大蒜，这是他的习惯，她清楚。她微笑了一下，说："慢慢吃。"

来兰州四年了，第三个年头的春天开始，也就是郎小飞十九岁的那年，他就来这儿吃饭。郎小飞清楚地记得第一次去那家饭馆的情景。时间不到中午，饭馆里就郎小飞一人，他进门就喊饿，要了一碗面。正在吃的时候，她问："你是干啥的？"郎小飞回答："送温暖的。"她笑着问："咋送的？"郎小飞回答："修理太阳能热水器的，不是送温暖的吗？"郎小飞在一边吃饭，她在一边看报纸，看得津津有味，还不时地笑出声来。郎小飞是做过发行员的，他也习惯于看报纸，尤其是《西部晨报》，他对那份报纸有感情。回头一看，就知道她看的新闻是什么：昨天一个求爱的大学生在校园里用情书摆了一个巨大的桃心，等待心爱的女生下来接受他的求爱，结果那女生下来，就把那心给踩了。那男生就蹲在地上哭，哭了半天。"笑啥呢？那家伙太傻了吧？"郎小飞吃着饭问。她笑着看了看他，无声地摇了摇头。

郎小飞在岁月中独自一人摔打，快速长大，也慢慢壮实了。一天，他穿着橘红色的新工装又去那家店吃饭，那女孩看着笑了："这衣服好，看上去瓷实得很。"

郎小飞自豪地说：我现在是太阳能热水器的安装师！女孩笑着说："还是安装师？好啊，将来给我也安装一台。"

每天早上，郎小飞骑着自行车来到"一碗面饭馆"，吃完饭，提着工具箱、背上材料出门，骑着自行车走了。活没远近，有时候从东岗到西站骑自行车就要四十分钟，等爬上楼顶、架设管道、安装采热管，利索一点，两个小时可以安装一台。装完，力气也将出尽。关键是干活的地方离"一碗面饭馆"也没远没近，晚饭时分，不管远近，都气喘吁吁地赶回那家饭馆，像赶着回家一样，进门就有她迎上来的问候："今天去哪了？"郎小飞等的也许就是这句话。"骑车来了？""是啊，坐车还得花钱。"郎小飞如实相告。她笑了笑，说："都省了一头牛钱了。"郎小飞说："牛算个啥，省房子哩，将来还得买房子。""那你就在工作的附近吃一点，还非要跑这儿？""你这儿饭香，人……""人咋啦？""人也好嘛。"郎小飞低着头，吸溜喝一口汤，红着脸说。她嘿嘿笑了一声，扭头去了。郎小飞心里大为紧张：她不会是耻笑自己吧？

吃完面，她说："你住哪儿啊？""红山根租的房子。""哟——远呢，快回去休息。"在正常的几句对话后，郎小飞突然看着那女孩，认真地问："你叫啥名字？""我姓谢，谢小红。花儿谢了的谢。"谢小红，好名字。郎小飞心里暗自喜悦，这个名字，就和芦小玲一样，都带个小字。郎小飞说："不是花儿谢了的谢，是谢谢你的谢。"

郎小飞就这样吃着饭，心里充满着对谢小红的向往，每天无论如何都要赶到这家饭馆，吃上一碗面，见见她，心里才踏实，也就不再想那遥不可及无法回去的家了。

时间久了，郎小飞就问她是哪里人，谢小红不告诉他。得不到答案，郎小飞反而觉得谢小红更加可爱。再后来，谢小红说她是陇东人，家里还有个哥哥上大学，她只好出来打工，以便接济哥哥。郎小飞想，如果她是芦小玲，他一定要像妹妹一样待她，直到她嫁了人。

那一年中秋节前，郎小飞去吃饭，进门没见她的身影，很着急，问老板："老板，谢小红去哪了？"老板说回家了，她妈病了。那天的饭什么味道郎小飞也没有吃出来，吃完抹了嘴，转身就走了。

十天之后，谢小红又出现在"一碗面饭馆"。郎小飞着急地问："你妈咋啦？"她的眉头一下紧锁起来，接着眼泪就流下来了，晶莹剔透的泪珠，那么单纯，像一个委屈的小孩一样，那泪水仿佛是从心里流出来的："我妈……我爸……出事了。"谢小红说的似乎是她爸又似乎是她妈。"哦，咋样了？你走了第二天我就知道了。""疯了。"她哽咽着说。"苍天哪！"郎小飞不敢追问。伤心至极的事，不便多问。

她很快收起泪珠，继续给郎小飞倒了面汤，悄无声息地给他端面。从那以后，郎小飞每天来两次，不管多远，早上来一次，晚上来一次。就是为了看看她，和她说几句话，安慰她几句。

谢小红渐渐从悲伤中走出来。有一次，郎小飞来得晚，等郎小飞吃完饭，她也下班出门了，郎小飞正好骑车送她一段路。聊天中，得知她母亲是因为父亲的死才疯的。"我爸才四十八岁，年轻呢，受了半辈子苦，每年都要出来打工。这下他走了，我没有爸爸了，只有妈妈一个人在家空守着，还半疯半傻的……"她说着，眼泪就在暗夜里闪着光，一颗一颗，像流星一样滑下来。郎小飞想安慰她，又不会安慰，想起家雀哥说哈小凤也疯了，心里就慌，想起芦小玲，更慌，就问："你爸……咋死的？"小红突然顿住，盯着他的背看了看，吞吞吐吐地说："他的死，不怪人……是……车祸。"郎小飞坚定地说："要赔命价，要负责任。"谢小红听见郎小飞如此坚定，看出了小飞的心，温柔地说："早已经过去了。"

谢小红因为适才说了不愉快的话题，赶紧转移话题说："不说那些事儿了，以后每天都要来送我，郎小飞！"

纠结在如何表达爱意当中的郎小飞听到谢小红说每天要来送她，自然兴奋不已，他立即刹住自行车，转身抓住谢小红的胳膊，激动地说："小红，我……我……我爱你！"

但谢小红听到这话像猛然被电击了一下，朗小飞那结结巴巴的"我……我……我"，一下让她想到了四年前那大渠下面的乱草中，朱尕兔就是这么结结巴巴地对自己说"我……我……我"的；而今天郎小飞也是这么结巴。她似乎一下掉回到四年前的冰窟当中，又成为芦小玲，她随即甩开郎小飞抓着她的手，二话不说，向她租屋的方向跑去。

谢小红感觉身后就是朱尕兔，而她像刚刚从大渠下面的乱草丛中爬起来，向家的方向跑回去一样。

郎小飞茫然地站在寒风中，像被世界遗弃的一根枯草。

郎小飞一个人走着，脑子很乱，脚步也没有方向，他不明白谢小红为什么突然离他而去？为什么那么温柔的一个人突然变得如此决绝。他又想起了过往的一些事情，那些事情硬生生地钻进了他的脑子，像一条蚯蚓一样，将他的脑子里原本安静的土壤翻得松动。他像一个幽灵，回到房间，抱着头，看着黑暗，悄无声息地蜷缩着，最终他想明白了一个问题：如果这谢小红是芦小玲，那他就是那辆撞死她爹的车，这责任似乎就应该由他来担负。想到了负责这两个字，他狠狠地砸了自己一拳头，在黑暗中说出了两个字，这两个字把自己吓了一跳："该死！"

次日晨，郎小飞从睡梦中惊醒，胡乱抹了一把脸，骑上自行车，向"一碗面饭馆"方向奔去，可饭馆里没有了谢小红。他急忙奔到老板面前，问："谢小红呢？"老板说："谢小红走了，一早来办的手续，辞职了。"

郎小飞坐在饭馆门前的道牙上，没有吃饭，他感觉自己的面前是一堆废墟，瓦砾遍地，往日不再，昔日暖烘烘的一碗面是吃不出味道了。阴霾的天空、昏暗的大地，还有乱糟糟的声音混响在周遭，他心里那个温暖的屋檐顿时灰暗起来。

坐了良久，郎小飞才骑着自行车走了。

当晚，郎小飞不知不觉又骑着自行车来到了"一碗面饭馆"门口，下了自行车，才想到小红已经走了。

郎小飞决心寻找小红，不管她在哪里，他都要找到她。

五

家雀在校园里见到了一个让他意外的人——芦小玲。那天中午，家雀低头下楼梯，一抬头，见楼门口站着一个姑娘，家雀问："请问找谁？"那姑娘说："我找单家雀。"家雀仔细看那姑娘，似乎在哪里见过，却又一时想不起在哪里，便不好意思地笑笑，以为是哪个班的女生找他，还自以为交了桃花运呢。

"我就是，请问您是——"家雀彬彬有礼地回复。

"家雀哥！"那姑娘满眼泪水。

家雀挠着头，丈二和尚摸不着头脑。突然，他反应过来——她是芦小玲。站在面前的正是芦小玲。三年不见，芦小玲长成了一个大姑娘。

"小玲，你咋？"话没多说，家雀领着芦小玲向宿舍走去。

宿舍里的同学听见外面说话，打开门来，探着头，还以为是家雀惹了红尘，老家的对象找来了，纷纷嬉笑。

"这死丫头，我都认不出来了。你咋才找我啊？"家雀一边埋怨，一边领她进了宿舍。

要说的话太多，突然见了面，反而一时说不出多少了。家雀盯着小玲，眼睛里充满了柔情：她长大了，身材高挑，脸色红润，丝毫没有在外面受苦受罪的痕迹；没有了老家的风吹日晒，反而比在老家显得滋润。虽说穿着平淡，却很周正，说明她走的是正经活路。

他向宿舍的同学们介绍了小玲，同学们一听是老家来的妹妹，都纷纷出去了。

"家雀哥，你们大学真漂亮。"小玲是聪明孩子，是她先打开了话题。

"漂亮吧！"家雀笑着说，"喝点水。小玲，你也长漂亮了。最近咋样？不错吧？"

小玲羞涩地笑了，脸色红润。她说："饭馆子里打工，饿不着！"

家雀不敢提起任何过往，眼前不断闪现着小玲童年的身影，又设想着小玲形单影只，在兰州某个角落的餐馆里忙忙碌碌、默默无语的身影。

"过年的新衣服买了吗？"家雀说。

"没有，你给我买。"小玲撒娇说。

家雀的心里猛然一酸。小玲虽然只是邻家女孩，但在彼此的心目当中，那是多么亲切，多么温暖，多么不可或缺；她还能说出这话，说明在小玲的心目当中，自己是多么重要的人啊！家雀突然感到惭愧。

"走。"家雀豪迈地说。

"走。"小玲说，"先请我吃饭，哥——"

"馋嘴，今天哥让你吃最喜欢的！"

家雀觉得欠了小玲很多，红柳湾欠她的，学校同学们欠她的，父母欠她的，还有这座城市欠她的，都应该由他在今天为她补偿。

家雀和小玲出了宿舍门，冬日的阳光一片灿烂，照耀在他俩的身上。他们走在一起，小玲挽着家雀温暖的胳膊。校园里，偶尔有家雀的同学经过，挤眉弄眼，就像发现了什么重大秘密。家雀和小玲都没有说啥，家雀想：至少今天，他要满足小玲的所有要求。

走着走着，小玲扭了一下身子，家雀扭头看，才发现她哭了。家雀拍了拍小玲的背，小玲趴在他的肩膀上，抖动着身子，捶打着家雀，嘴里喊着："哥——"家雀没有动，任凭小玲站在金黄的暖阳下，捶打着他，抓着他的肩膀，痛痛快快地哭泣。他知道小玲有许多委屈的泪水。十三四岁的那两年，那是什么样的打击和委屈啊！她像一只可怜的雏鸟，爹爹死了，妈妈疯癫地在家里守着佛，像个尼姑。小小的女孩，从红柳湾那个温暖的屋檐下被迫飞出来，像一只流浪的小麻雀一样，在这座城市的边缘飘荡。原本，她可以去找妈妈哭，可是妈妈疯了，妈妈的眼泪都无处存放，她又怎么忍心去找妈妈呢？她的眼泪几乎是没有地方可以挥洒。一个连泪水都无处寄存的孩子，如今终于找到了她的哥哥，这个邻家的哥哥，他是她在这个世界上唯一可以哭诉的对象了。

小玲流泪的热气穿过家雀并不厚实的棉衣，直抵他的心房。家雀站在那里，泪水也充盈了眼眶。他拍打着小玲的肩膀，一句话也没有说，似乎是鼓励她，又似乎是劝慰她。他就这样轻轻拍着，望着没有一丝云彩的蓝天，心被小玲的哭声掏空了。

家雀的泪水也滚下来，他腾不出手来擦拭，任由其肆流。当小玲所有的哀怨和委屈流尽的时候，她打住了泪水，说："走……哥……"

家雀哽咽着说："走吧——"

小玲却突然笑了，声音中还掺杂着哭腔："哥，你没出息——"

家雀也被小玲惹笑了，说："还笑谑哥来了，这死丫头。"边说着在小玲的鼻尖上轻轻拧了一下。

"哥，我一直想找你，可是，我就没想通是不是该找你。现在我明白了，你就是我哥，啥时候你都跑不了。"小玲说。

"这就对了，死丫头！我都气死了，再不找我，看你不后悔——"家雀说。

"哥，我要吃砂锅——"小玲娇嗔地说。

家雀带着小玲出了校园，直奔永昌路，很快到了一家砂锅店。小玲要了三鲜砂锅，家雀要了一个什锦砂锅。家雀的砂锅先上来，家雀就给小玲推过去，说："馋嘴，先吃吧。"

小玲也不客气，嘻嘻笑着，接过砂锅，捞了一个丸子，喂给了家雀，自己就吃起来。那热腾腾的砂锅是冬天里最为热乎的，小玲吃着吃着，声音又哽咽了。三年了，在这座冰冷的城市，哪有人陪她吃过这样热乎的砂锅，哪有人这样娇惯过她、宠过她哪怕一次啊！她的泪水滴下来，在热腾腾的雾气中滴进了锅里，家雀急忙要来纸巾，递给她，用方言嘲笑她。

小玲又破涕为笑："别笑话我，哥——"

"快吃吧，我哪里笑话，见了面就知道哭，有我呢，以后哥走到哪里，把你带到哪里，不让你一个人漂了！"家雀说。

"哥，你说话要算数！"小玲抬起头来，脸上泪迹斑斑。

三鲜砂锅上来了，家雀又推给小玲说："吃你的三鲜锅，我的还给我。"

"嗯——"小玲推过了什锦砂锅，笑声像铃铛似的，"哥，锅里面还有我的眼泪，吃了眼睛亮！"

家雀接过来，就要吃，却被小玲挡住了："哥，你真不嫌啊？"

"嫌个啥？眼泪是干净的东西。"说着呼噜呼噜吃起来。

六

郎小飞再没有换过衣服，一直穿着那件橘红色的工装，一直穿着那条深蓝色的破裤子，一直穿着那双鞋帮子上有两道弧线的无名运动鞋。他想，只要小红远远看见，她一定会认出自己来。从此以后，他开始换地方吃饭，一家饭馆都不重复，从城关区到七里河区，从七里河区到西固，从西固到安宁，反正他活干到哪里，就在哪里吃。然而，将近两个月过去了，谢小红还是杳无音信。

郎小飞寝食难安，想到了当初做发行员的日子，于是他来到报社，花了三十块钱，登了一个寻人启事：谢小红，陇西人，原来在酒泉路"一碗面饭馆"工作，后来失散。有知情者望联系。

郎小飞想象着小红手拿报纸，看到寻人启事后的情景，她必然涨红着脸，声音细颤地给他打电话，问："你找我吗？找我干啥呀？"可一直没有等来她的电话。

于是他再次去报社，连续刊登十次，报社广告部主任问郎小飞："找的是啥人，咋这么着急？"他说："是我对象。"

报社人大笑，说："还有把对象丢了的，咋丢的？"

郎小飞回答说："我外地学习回来，找不到了，她又没有电话。"

大伙儿念在他当年做过报社发行员的份儿上给他做了优惠，优惠价格是十次两百元。相当于每次减免了十元。还是老单位的同事好，郎小飞千恩万谢。

郎小飞每天都在寻找谢小红，每天开着手机，时刻注意听着手机铃声，盼望来电就是谢小红。可是，每次接到的电话都是人家责难装机迟了，等的时间久了之类的抱怨。某天接到了一个电话，是个柔弱的女声，郎小飞一听以为是谢小红，急忙喊："小红，你在哪里？""啥小红？你是不是装太阳能的？""对不起，是是是。""那你快点来装机，我是盐场堡的。""好好好，对不起，听错声音了，我马上来。"

十天过去了，郎小飞还是没有接到小红的电话，他失望透顶，吃过了那么多的饭馆，始终也没找到谢小红的任何踪迹。

郎小飞失望了，对兰州失望了。他把失望转移到了干活的屋顶上，转移到了不言不语的抽烟上，转移到了东瞅西望的大街上。

又过去了三天，郎小飞再次来到报社，他找到了那位扈主任，他说他有个新闻线索要提供，扈主任见是郎小飞，又听是找女朋友的，立马来了劲，让他详细叙述事情的经过。郎小飞叙述完后，扈主任失望地说："原来还不是女朋友。这写出去，人家要告我们报社咋办？不能做。"郎小飞更加失望，几乎流下眼泪，说："我认为她是我的女朋友，她可以不认为我是她的男朋友。"

扈主任递给郎小飞一支烟，他俩抽起来，默默无语，那烟飘在办公室的天花板上，正如郎小飞的思绪，漫无目的。

自从他走出报社，便耷拉着脑袋，开始了无精打采的生活。他不知道谢小红为啥连工作都辞了，他难道就这样令她讨厌吗？没有了那一碗面，他就没有了一切的动力，他没有了食欲，干活干累了就随便在哪家饭馆吃一碗面打发了事，饭从此没了味道。

郎小飞思绪跳不出那家面馆，他眼前总是浮现出小红那嫣然一笑，那温柔的颤声，尤其临别前的那句话："郎小飞，以后每天都来送我啊！"想到这些，郎小飞在阴暗的房子里急得抓天挠地：小红啊，你我难道就只是这么短暂的缘分吗？他下定决心，不管兰州多大，他也要找到小红。除了家雀哥，小红是他在兰州唯一的温暖。

郎小飞像一辆满载着忧伤的架子车，在深秋的兰州街头疲惫地晃荡。

冬天来了，天气渐渐寒冷，郎小飞的日子过得越来越沉重。早晨骑着自行车已经感觉到手冻了，可是，寻找小红的路却没有尽头。郎小飞在心里问道：小红啊，你在哪里？在这蜂箱一样的城市里，你钻在哪个方形的壳子里呢？

郎小飞渐渐消瘦，想放弃。两人在一起靠的是缘分，可能他和谢小红没有这缘分。郎小飞虽然嘴上那么说，可谢小红的影子挥之不去，他心里还是在拼命想着谢小红：她还在饭馆里打工吗？她还是那么温存吗？她也在想我吗？她难道是虚情假意，逢场作戏吗？也可能她另外找了人，弃他而去了。他甚至对小红有一些恨了，并且越来越恨，然而越恨却越不能忘记。

当城里的年轻人兴高采烈地过圣诞节的那天晚上，郎小飞伤心无比，虽说他不屑于过这种所谓的洋节，但看着男孩女孩们兴致盎然地挽着胳膊，在大街上逛的时候，他内心还是受了些微的创伤。那缤纷的色彩、闪烁的霓虹灯、满街晃动的红男绿女，都是刺目的。

那天晚上，郎小飞从安宁干完了活，一路骑着单车回到了红山根，身心已经疲惫，正如一棵冬日的小树，繁华落尽，仅剩枯枝败叶。他随意走进红山根的一家面馆，坐在了犄角，意兴索然。

"要啥呢？一碗面吗？"一个声音点燃了他，他抬头一看：谢小红啊！她真的站在面前。

郎小飞一把抓住她的手，语无伦次地向她说着自己寻找她半年的经历："你怎么了？你好吗？小红，找死我了，真的！"他攥着她的手，看着，笑着，眼泪便慢慢流下来。郎小飞消瘦了许多，瘦削的脸上长满了粉刺，年轻而又沧桑的脸颊几乎凹进去了！他掏出了一沓报纸，在一张张寻人启事上画上了圆圈。其实，谢小红偶尔也会到"一碗面饭馆"去找郎小飞，也听到同伴女孩们说起郎小飞不时来找她的情况。虽然她还是被那层阴云笼罩着，却又渴望他来找她，也想弄清楚他究竟是谁。

谢小红看着报纸，眼泪流下来。

郎小飞拉着小红的手，走上大街，他感觉整个世界为他放晴，原本阴暗了很久的天上闪烁着水晶般的星辰，他幸福极了！

谢小红问他："你找我干啥啊？"

"找不到你，我就没有活头！"郎小飞说。

谢小红被感动了，她嘴上却说："那你怎么还活着呢！"

七

热恋中的郎小飞遇到了一个棘手的问题，谢小红提出要去他家看看。谢小红的心里一直对郎小飞那"我……我……我"的结巴口气怀疑有加，她要验证自己的判断，进而希望打消自己的疑虑。而对郎小飞来说，回家，就是自投罗网。按照家雀的说法，他是当地公安挂了号的逃犯，抓住了，必然要进班房。再说，回了家，见了哈小凤咋办？见了单爸爸咋办？碰上了村上任何人，都等于自投罗网。这网不仅仅是让他入狱，更是将他投入了精神之牢。这是郎小飞多少次梦到的境遇，让他心惊胆战了四年，而今，不得不再次面对的时候，似乎那噩梦就是现实，一直没有改变。

郎小飞没有拒绝谢小红的要求，又想，谈恋爱一般都是先去女方家，谢小红却提出先去他家。郎小飞说，先去你家吧，咋说也得先去见见我的丈母娘，再去我家。谢小红没有明确答应，也没有拒绝。僵持中，郎小飞想到了家雀。家雀于他，就是故乡，他不敢面对，却又不能摆脱。四年来，他在长大的同时，也在思考如何面对故乡这个问题。这是迟早的事，总有面对的那一天。

面对故乡，他首先要面对家雀。

郎小飞又来到西北民族大学的时候，家雀已经上大四了。他一直记得家雀的那栋宿舍楼。上了楼，才知道家雀已经搬走了，好在305宿舍的人都知道家雀的宿舍，他最终在那个冬天的晚上，找到了家雀。

家雀正侧躺在床上看书，房门敲响。他躺着没动，说了一声"请进"。郎小飞进来了，问："单家雀在吗？"。家雀一骨碌翻身坐起来，看见一个汉子站在当地。

家雀几乎认不出郎小飞，问："你找我啥事？"

郎小飞才说："家雀哥，是我。"家雀还是懵懵懂懂，怀疑自己的眼睛，揉揉眼睛，那汉子还是那汉子，完全陌生。

"我是郎小飞——"

"啊——天哪！"

郎小飞个头拔高了一截，几乎和家雀一样高，脸盘扩展变形，原本饱满的脸蛋塌陷下去，脸皮不再柔嫩，一张饱经风霜的面皮遮盖了当年的嫩肉，只有眼神还似当年，满含忧郁，透着怯意。他红着脸，脸上几个粉刺就像探照灯一样闪烁。

家雀喊了一声"尕——"又停住了，将兔字生生咽了下去。宿舍里还有其他的同学，看书的看书，聊天的聊天，他急忙说："郎小飞——"

两人寒暄了两句，郎小飞说有事儿商量，家雀示意去外面。家雀从皮箱里摸索了一阵，快速塞进裤兜；又拎了帆布包，出了宿舍门。家雀找了一家饭馆，要了两瓶啤酒，点了几串烧烤。家雀问郎小飞这几年的情况，郎小飞敷衍回答了，删去了许多过往，似乎这四年对他而言只是昨天对于今天一样。也没有多少羞涩，说自己谈了个对象，对方非得回家去看看。问家雀咋办。

"不能回。"家雀迅疾而直接，"先不说公安上的事……不能让哈小凤见你。"

郎小飞半天无语，似乎还在等家雀说什么。而家雀也有话，却不说。

两人突然从热烈的交谈中安静下来，默默端起啤酒，互相看了一眼对方，咕咚咕咚地灌下了那杯啤酒，似乎也将那些即将从嘴里冒出来的话压了下去。

临走前，郎小飞拿出了一张报纸，说："家雀哥，我先回了。你看看这报道，过两天我再来找你商量。"

家雀一手接过报纸，一手掏出一封信，交给了郎小飞，说："这是四年前家里给你的信，还有你爹给你的钱。拿着。"

郎小飞伸手接过东西，没有说话，也没有表情，把东西塞进了裤兜，出门走了。单薄的身后裹挟着一缕寒风。

这一举动出乎家雀的意料，他想尕兔见了家里的东西，总会说点啥，至少要问一下他爹妈的情况，但他啥也没有说，转身就走了。

郎小飞知道这封信意味着什么，信中所有内容是他多少次在心里琢磨过的。四年来，他和这封信渐渐靠近，终于在今夜交集。他出了门，一边走，一边撕碎了那封信，丢在暗夜的风中，任那纸屑映着暗光，在浓夜里像一只只惊飞的麻雀，在料峭的西风中飞走，去寻找属于自己的屋檐下的小巢。

家雀手里还提着四年前那个沉重的包，里面装着朱二给儿子带来的衣物，这些东西跟随他四年，他一直等待着有机会将东西交给朱尕兔，可在今夜眼睁睁又将错过。家雀看着郎小飞如同幽灵般的背影在夜色中即将消失的时候，喊了一声："尕兔——"

那个灰暗的身影抖了一下，似乎向暗夜喘了一口气，很快闪动着身子，消失了。

家雀回到宿舍，展开那张报纸，头条是国家关于逃犯自首减刑的新规。家雀此时才知道尕兔一直在想着那件事情，心里对尕兔的这一举动惊叹不已：他总算找到自己的出路了。

关于去双方家里的事儿，谁也没有再提，唯恐对方尴尬。周末，谢小红要郎小飞带着她去玩儿，小飞问："去哪里？"谢小红说："你尽管捎着我，按照我说的方向走。"两人一路说笑着，向西北民族大学的方向走去。在家雀宿舍下面，谢小红下了自行车，让郎小飞去停车，自己却在楼下喊："家雀哥——家雀哥——"

家雀正躺在床上看书，听到有人喊，打开窗户，见是小玲，说了一声上来，又急忙转身，飞也似的下了三楼。

看见小玲站在楼下，远处却见朱尕兔骑着自行车跑了，小玲在身后喊："小飞——小飞——"

家雀愣在那里，不知道说什么好。

他心里明白了一切：两个冤家！

芦小玲噘着嘴巴，背着包走向家雀："是个胆小鬼，不敢见你，算了。"

"对象啊？"家雀疑惑地说。

"啥呀？是个普通朋友。"小玲的脸红了，"也是打工的。"

"叫啥名字？"家雀怀疑自己的眼睛。

"郎小飞，牛郎的郎，大小的小，飞机的飞。"小玲说，"就是城市里的一条流浪狗，还说是狼！胆小鬼一个。"

家雀被吓蒙了，说不出话来，呆愣地看着小玲。

"咋啦，哥？你认识他啊？"小玲见家雀眼睛直勾勾看着自己。

"都没有看清，我咋认识？好事！你丫头有本事啊——"家雀找不到自己的笑意，艰难地把自己从呆愣中拉出来。

"哥，我来就是和你商量，今年我们一起回家吧！"

"嗯，后天，腊月二十六日，我买好车票，等你。"

次日，郎小飞一个人来到了民大，找到了家雀。

"报纸我看了，你的想法我赞成。这是担当，像男人。"家雀看着尕兔的脸，既没有叫他尕兔，也没有叫他郎小飞，"即便投案自首，时间长短难说，估计还得服刑。咋办？"

"我想过了，不管时间长短，把这事办了，心安。"郎小飞似乎变回了朱尕兔。

"你现在对象呢，她知道了这事咋办？"家雀问。

"就是为了她！起先不知道是她，后来怀疑，现在你也知道，黄河迟早要变清，自己的脏脸自己洗！"

家雀沉默了半天。尕兔点了一根烟，深深吸了一口，又长长地吐出来，一口浓烟在他胸腔内绕了一圈，他似乎在沉重和轻松之间左右徘徊。他走来走去，最后停下脚步对家雀说："家雀哥，麻烦你过年回家去先和公安局联系一下，到时候，我自己去。"

朱尕兔说着话，将余音留在身后，提着包走了，背影却是郎小飞。

八

回家路上，家雀的思绪乱极了，就像麻雀的小巢一样，纷乱不堪，一根根、一缕缕，缠绕在一起，而最终却是一个巢。那个巢就在红柳湾的某一个屋檐下，他和小玲就是奔着那个巢而去的。正月初十，家雀和小玲从红柳湾那温暖的屋檐下出来，坐了班车，返城。

正月十七，郎小飞赚到了节假日三倍的工资，回到了阔别的红柳湾。回到了红柳湾，他就是朱尕兔了。

朱尕兔进了家门，他的喉咙里塞着一个东西，鼓鼓的、圆圆的，在喉头上下蠕动，欲上不能，欲下不得。他的脚步很轻，轻得像个影子。不比四年前，进门就大声喊妈。他进门撂下背包，朱二两口子还没有看清是谁，他已经趴在正堂先人的牌位前，咚咚咚磕了三个响头，然后转身喊了一声爹，又喊了一声妈。

"尕兔——"二姐惊叫一声，一把拽住朱尕兔的袖子，抱着头，看了一眼，哭叫起来。

"我的娃啊——"朱二女人脸上纵横的皱纹开始颤抖，"娃啊——"

朱二突然腿软了，坐在椅子上，指关节突出的老手颤抖着，一声不吭地卷烟，似乎是在变魔法一般，那烟末子在窄窄的纸条里面跳跃，卷不拢。

朱尕兔站起身来，说："妈，饿了，我要吃黑面条。"

朱二女人抹着哗哗流淌的眼泪，走近尕兔，在他身上捣了几把，扯着衣服就开始哭。哭完了，又抬头仔细看朱尕兔。从头发看到脸，从脸看到胳膊，看到脚。朱二的目光也跟着女人走，末了说："赶紧做饭去吧——"

朱二女人这才松开手，出门去了。大姐已经出嫁，二妹、三妹也跟着出了门。

朱尕兔在家里吃了两碗黑面条。这是一个懵懂少年走出家门四年后，魂牵梦萦的黑面条，第一口面条吃进嘴里，有一缕咸咸的液体，热乎乎的，从眼眶里滑下来，搅拌在那黑面条当中，将那黑面条融化了。接着，他呼噜呼噜吃着，嘴里溢满了香味，他边吃边说："爹，我要自首。"

朱二什么话也没有说。

次日早，朱尕兔提着礼当，家家走过。他去的第一家是哈小凤家。那时候，哈小凤还在打坐做早课。朱尕兔前脚进门，朱二女人后脚停在门外。

朱尕兔进去，二话不说，放下礼当，跪下，面对菩萨，还有打坐的哈小凤，磕了三个响头，站起身来，又作了揖。

"婶婶，我是朱尕兔。"

哈小凤听清楚了，她知道朱尕兔来了，家雀妈昨天给她说了。哈小凤一动未动，她嘴唇颤抖，紧张地念着经文。

三缕香烟在虚空中袅袅升腾，这是快断了像一条韧带，从香头上扯出去，经过菩萨慈祥的眉目，开始艰难地融合；像一根敏感的神经，扯着这屋里的人和屋外的人。空气沉重，屋里屋外，甚至整个红柳湾村也静得如同深夜，时间像一块坚硬的石头，凝滞不动。

朱尕兔站在一边，默默地看着哈小凤，说："婶婶，我错了，我是回来自首的。我明天就去县公安局。"

哈小凤还是一动不动，她的身子盘坐成了一团，她的嘴唇颤抖，嘴里念念有词，似乎催促着香火，不断燃烧升腾。

朱尕兔再次趴下身子，跪在香案前面，说："谁造的孽谁受。"

朱尕兔的头在哈小凤家的地上砸出三声响。他站起身来，又深深地一揖。这些动作，是他多次在兰州的庙宇里做过的，沉着而熟练。

出了门，门外，朱二女人站着，粗手捂着嘴，眼睛里闪着惊惧和悲伤。朱尕兔似乎没有看见，径直去了别人家。

正月十九日一早，朱尕兔去了县城，来到了公安局。

朱尕兔在红柳湾一天的举动，惹得人们评说纷纷。有人说，这娃子像个男人，敢作敢当；有人说，天生就是个大胆子，啥不敢，还敢去自首，那不是往火坑里跳嘛。

就在朱尕兔自首的当日中午，芦小玲慌慌张张到了西北民大，找到了家雀，说："哥，郎小飞在兰州犯了事，被公安局抓起来了，咋办？"

"你咋知道？"家雀问。

"他打电话了。"小玲肯定地说。

家雀知道，朱尕兔是去自首了。

家雀问："他犯的啥事？"

"他也没有说清楚，就说打了架，被抓起来了，就挂了电话。"芦小玲哭起来了。

"活该！犯事就该坐牢，就要担当！"

小玲急了，说，"哥，你得想办法啊——"

"你别着急，我知道了，我明天去兰州打听打听。"家雀百般哄骗，说自己有课，先去上课，让芦小玲先回去。

"那我明天过来，我和你一起去。"小玲说。

家雀点头答应，好歹打发走了小玲。

次日，小玲来到家雀的宿舍，家雀的室友给了小玲一封信，小玲拆开来，家雀说他先去兰州了，让小玲不要着急，他先去看看情况再说。

家雀并没有回兰州，他只是避开了小玲。他给蒋九斤打了电话，约他爹晚上来接电话。晚上，家雀打了电话过去，爹正在蒋九斤家等着，家雀说："爹，朱尕兔去自首了。"爹还是一贯不快不慢的腔调，说："我知道，他回来了。来咱们家也说了，也不知道咋办才好。今天县上来了人，在村上调查取证，先去了哈小凤家，哈小凤打坐念经，一句话也不说；又去了朱二家，朱二说，让他们判去，判多少年算多少年。县上的人还去了赵奎儿家和咱们家。"

"那你咋说了？"家雀急忙说。

"我说了，事情有，四五年前的事情了，这娃才十五，从轻处罚。"爹说，"我还签字画押了。"

家雀挂了电话，知道朱尕兔铁了心。突然，家雀想起了什么，又打过去，爹已经走了，家雀急忙又叫蒋九斤叫爹回来，问："爹，朱尕兔没提小玲的七长八短吗？"老单说："没有，没有提起小玲的一个字。"

家雀挂了电话，松了一口气。他知道芦小玲和朱尕兔最终会在一起，须面对过去。可是，他们该怎么面对呢？经年的那些过往，就像一丛杂草，而他们俩就是这杂草丛里玩耍的两只单纯的蚂蚁。

次日，小玲又去找家雀。家雀说："没事，我已经去问了兰州公安局。也就一段时间，好像是喝醉酒打了架，把人打得重了些，拘押一段时间就出来了。"

小玲红着脸，着急地说："哥，你要想办法啊，他找了我两年时间哩！"

小玲对家雀断断续续说了她和郎小飞的恋爱经过。

家雀心里感慨：冤家路窄啊，她应该知道郎小飞是谁呀！

"那郎小飞如果犯了罪，坐了牢咋办？"家雀问小玲。

"我等他，三年五载，都等他！他还没有见我妈呢。"小玲坚

定地说。

"小玲，你真的喜欢他？"

"哥，那还咋啦？"小玲红着脸，偏着头说。

"小玲，你听好，郎小飞如果像朱尕兔的话……"

小玲瞪圆了眼睛，脸色陡然煞白："他……不是吧？"

"不是……他就是打架。"见小玲像突然变了个人，家雀急了，"不是，我是说，他如果……像那样的事，你还……"

"我要见他。"小玲的话坚硬得像一块锈铁。

"像我妹妹。"家雀说。

芦小玲哽咽着说："那当然。"

芦小玲说完这话，趴在家雀宿舍的桌子上，抽搐着身子，哭得地动山摇。家雀无奈地看着。她哭够了，站起身来，家雀递给她毛巾，她擦拭完毕，昏昏沉沉地走了。

九

半个月后，法院的小车来到红柳湾，人们都知道是怎么回事了。法院的车先是来到了朱二家，半天出来，又拐弯来到了哈小凤家，时间不长，就离开了红柳湾。

大事终究发生了。红柳湾的人站在各自的门前，伴随着树上那麻雀的叽叽喳喳声，悄声议论着。

老单先是来到了朱二家，朱二递了一根烟之后，低着头啥话也不说。朱二女人在一边左一把右一把地擦鼻子抹眼泪。

老单说："二兄弟，法院咋说了？"

朱二半天说："这畜生，他造的孽，他自己担。"

朱二女人哭着说："法院说，这阵子正是投案自首的好机会，自首了，可以减刑。说娃子表现好，让我们放心。又问情况，就那个事——"

老单卷了烟，正要点着的时候，赵奎儿进来了。

赵奎儿的脸红红的，他知道这事情最终还是因他而起，要是他不教唆朱尕兔，也许就没有这事情。但是，这情况也只有他和朱尕兔知道，别人谁也不知道，他也一直压在心里，准备烂在肚子里。

"这事，娃做得对。"老单说，"最终得有个交代。这次，既然到了法庭上，我看，我们要去给法院说一说，一个是娃娃小，村上村民的意思是减刑；再说，自首就是服法了，不是说，自首就减刑吗？"

"法院认不认这一套？认的话，我们写个东西，开会，让村上的人签字画押，要求轻判。"赵奎儿觉得老单说的有道理。

"行不行也得这么做，娃娃小，才活人哩，坐过班房子，以后咋办？"老单坚持这么做。

"朱二哥，你说呢？"赵奎儿征询朱二的意见。朱二一句话不说，他只好转头给老单说："老单哥，那就开会。"

"后天就要开庭。开会的话，下午就开，选几个代表，明天进城，男人参加。这事情，男人们签字算数。"老单说。

下午，一群男人坐在赵奎儿家的屋檐下。他们像一群被惊散了复又聚拢的麻雀一样。

天，安静得很，没有风，只有透明的阳光。

他们嘻嘻哈哈，抽烟的抽烟，聊天的聊天，似乎是小事一桩，赵奎儿正准备讲话，朱二来了。

朱二穿过安静的阳光，站在屋檐下。

赵奎儿的媳妇在屋里听得外面突然没有了声音，从窗户的玻璃看出去，朱二已经站在屋檐下。别的人或蹲着或坐着。

朱二说："娃子的事，我朱二对不住大家了！"

朱二说着，躬身下跪。老单急忙站起身，拉住了已经单膝着地的朱二。赵奎儿也慌了神，拦腰将朱二抱住，按在板凳上坐下。

朱二被几个人按住，坐下。他掏出一包纸烟，递给了赵奎儿。赵奎儿给所有的人发了烟。烟是十块钱一盒的兰州烟，平时很少抽到的好烟。

朱二走了，从阳光下消失了。

一缕一缕的青烟从每个男人的嘴里，鼻腔里缓缓吐出来，荡上天空，像偌大的香炉里面点燃了香火一般，肃穆而庄严。

"朱尕兔的事情后天在县城开庭，我们商量一下，这事情已经过去四五年了，这娃在外面也漂了四五年了。他自首，说明是懂事了；事情发生后，朱二哥也为老芦一家尽了力，光钱就花了好几万；再说，哈小凤都想通了。先顾人，顾人是大事。"赵奎儿说得很顺畅，大家都点头，"咋顾人？就是签字。娃娃还小，还要活人。愿意签字的，就在这纸上签字画押，明天，我们派几个代表上县城，呈给法官，算是我们红柳湾村的心愿。"

雷五首先把那张纸要了过去，几个人围在一起，看了半天，结结巴巴地念了一遍，阳光又安静下来。

二十几个人都签了字。

"这事情，要把哈小凤的意思问清楚，人家到底是啥想法？"有人提醒。

"我和老单问了，哈小凤说，她没意见，她不管这事情了。"赵奎儿说。

"人家已经信佛了，丫头也打工去了，还管这事？再说，现在就是把朱尕兔判上十年八年，对她也没有好处，她不管就对了。"蒋九斤在一边说。

开庭前，村上代表老单、赵奎儿、雷五三人都来了。外加朱二和朱二女人。

三个穿着法官制服的法官进了门，各就各位。

审判庭里一下安静极了。

正在此时，老单看着家雀来了，还带了个女孩子，像是城里的女娃娃，旁边的赵奎儿和雷五也看见了，互相碰了一下。那女孩戴着墨镜，穿着时尚，坐在了旁听席上。

"家雀——"赵奎儿低声喊了一声。

"肃静！带犯罪嫌疑人朱尕兔——"法官高声喊了一声。

朱尕兔被两个法警押上来，站在被告席上。

坐在家雀旁边的戴墨镜女孩惊惧得抽搐了一下。家雀攥住了她的手，捏了捏。

"全体起立——"三个法官先站起来，老单他们五个也先后互相揪着衣服，战战兢兢、歪歪斜斜地站起来。他们从来没有见过这阵势。

"朱尕兔强奸芦小玲一案开审——"法官高声宣布，"请坐——"

芦小玲似乎没有听清楚，看着家雀哥的脸，家雀哥没有看她，手却将小玲的手攥得更紧。芦小玲仔细回味，那声音里面包含着"朱尕兔"，还有"芦小玲"，再仔细听，法官宣读起诉书：

> 被告朱尕兔，于 1996 年 8 月 16 日下午，在红柳湾
> 村大渠下面，诱奸了本村女孩芦小玲，被告朱尕兔逃离
> 本村至今，现自首……

芦小玲脸色煞白，突然站起身来，喊了一声"小飞"，却被自己的一口气噎住，她控制不住自己的身子，摇摆着，捂着嘴，怕喊出别的什么来，她呕了一声，向门口跑去，身子像被石子儿击中的一只麻雀，轻飘飘地落在门外。

家雀随后跟上去，小玲已在门外，扶住墙，身体缓缓溜下来，墨镜被衣服挂了一下，掉在地上。家雀急忙扑上去，搀着小玲的胳膊，一面喊："小玲——小玲——"

"啊？小红——"朱尕兔在被告席上急切地要扑出门外，眼睛里冒着血丝，却被两个法警强硬地拉扯住了。朱尕兔只能望着法庭的那扇门，低声念叨着："小红——"

阿拉善的雪

红柳湾的人窃窃私语："小飞是谁？"

又有人怯怯地说："小红是谁？"

刊发于《飞天》2018 年 12 期

阿拉善的雪

一

对面的人眼睛深陷，面红耳赤，头发蓬乱，肯定喝过酒。他走过来时，眼神张扬，但看上去又特别眼熟，我俩对视了三秒钟，同时喊出了对方的小名："——哎？尕喜！""——家雀！"比起当年，他的身子几乎宽了一倍，脸也大了一倍，像充了气。深蓝的西服、洁白的衬衣、锃亮的皮鞋，完全是土豪的架势。这跟二十年前的尕喜是没法比了。

十四岁那一年，我正读初二，学校在离家五里外的昌灵镇，中午不回家，午饭是一个黑面馍。一天中午，我悠闲地在长街上来回溜达的时候，遇到了一个小学同学高尕喜，他长高了，像一棵白杨树苗子。原本像鸡窝一样的头发不见了，换成了黑油油的背头。那时候时兴发胶、发蜡，他的头发明显是弄过那些的，头顶在太阳下闪着光，像高山顶上的一块冰川；嘴里还叼着一根纸烟，手腕上戴着时尚的电子表。一看就知道，他变得有钱了。

毕竟是小学一起逃过学的拍档，他很讲义气，对我说："走，家雀，下馆子走！""我可没有钱，谁掏钱？""你都穷得溜尻子，谁让你掏？"说着，他递过来一根纸烟，我忘记了是什么烟。二十年后的那天晚上，他递给我一根软中华，说当年递给我的烟是双羊。当时，我一看不带把儿的，就没要，我讨厌他那种流里流气的样子。我们来到了镇上马大哥的饭馆子，他要了两碗炒面片，大碗。他说："刚刚卖了发菜，你猜，多少钱？"我那时才知道他钱的来路，原来是拾发菜来的。他说："四十五哩！两碗炒面片才多少？七毛钱！""一斤发菜多少钱？"我问。"十三块！过几天就走，去不去？上啥学嘛！"他的眼神里似乎满含对我的不屑。我心里骂他："尖底子锅——搁不稳的货，挣了几个钱就来显摆。"此时，炒面片端上来了，那面片上的大油散发着诱人的香味，中间还有那白褐相间的肉片，热腾腾的，还没有吃，嘴里已悄然溢满了涎水。为了掩饰馋相，我低头将涎水咽下去，两鬓间喷响了一声，我相信这声音只有自己能听到，他不会听出任何声响的；发生这一动作的同时，我低着头，刚刚隆起的喉头颤动了一下，相信他是不会看见的。等到他先开始呼噜吃了一口，我才端起碗将那面片扒了一大口——烫啊！我呻吟了一声，但还是忍着，吸了一口气，将那又香又热的面片吃了下去，深秋的凉意顿时被驱赶殆尽。那面片是我今生吃过的最热也是最香的面片。我的兜里还装着黑面馍馍，我有意识地用前肘遮挡住这个丢人的黑家伙，怕尔喜突然伸手，将那黑家伙掏出来。我设想，如果他真要动手掏这黑家伙，我就跟他翻脸。他似乎根本没有注意到我兜里这鼓鼓囊囊疙里疙瘩的东西，或许是一直沉浸在炫耀当中，无暇顾及这些。吃着吃着，我终于放松了神经，问尕喜："哪里拾发菜？""阿拉善！""阿拉善在啥地方？""在内蒙古。""离温都尔汗远不远？""啥？温……"尕喜显得有点窘迫，急忙扭转话题："一次能拾四五斤，那地方发菜多得很，黑浪浪、一股子一股子的，拾起来轻松得很！我是最慢的，来回二十天，也能拾四五斤！你要是去，稳能拾五六斤。"

我没表态，明白了他一片真心。吃饭的空子里，知道他们在三天后就要出发。分手的时候，我已经下定了决心要跟他去，只是没有跟他说而已。第二天晚上，我半夜钻进了厨房，装了满满一书包白面，又装好了一包黑面馍馍，想象着那黑浪浪的发菜，心里充满了信心。躺在炕上，我心想：如果这些食粮不够，还有尕喜；铺盖偷不出去，就用他的。十天半月，不怕。

早上六点多，天还黑着。下了两碗妈给我预备好的早饭——黑面条，吃得饱饱的，出了门，悄悄来到了尕喜家附近，听见他家院子里外吵吵嚷嚷，我知道，他们即将收拾出门。我不愿意直接去找他，而是悄悄去村口等候。巷道里，听见雷三家的手扶拖拉机有节奏地响着，我便明白这车是送拾发菜人的。

躲在村口的草垛后，我看见尕牛、富成娃、毛朵儿、三喜娃，还有尕喜的女人尕改娃，他们三三两两，悄声说着话，似乎怕吵醒了睡觉的人，走在上学的路上，疾步从我面前走过去。我身后背着两疙瘩东西，心想：这次是要离开上学的路了，怪谁呢，就怪我家里穷，妈还生病。

手扶拖拉机突突突的声音大了起来，我知道他们出门了，庄子上空映照着一束亮光；说笑的声音间或从那突突突的声音里冒出来，似乎在向懒惰的人们宣告他们的勤快。"快，德娃子，尻子上绑上磨盘了吗？这么慢！"这是尕喜的声音。"还在睡梦里娶媳妇子着哩！"这是许四婆的声音。

同学们一个个从我身边陆续走过去，我才像贼一样从草垛后面钻出来，直直站在大路中间。不久，拖拉机那一对刺目的眼睛从村口瞅过来，光越来越强，越来越强。直到拖拉机停在我面前，尕喜认出了我，在车上喊："是家雀！家雀——你搭车吗？""我也去。"我高声说。一个人出现在强光中，向我走过来。我估计是尕喜。那就是尕喜，他来到我面前。

"真去吗？"他显得很老到。

"面和馍馍都背上了，铺盖偷不出来。"我从身后晃出了两嘟噜东西。

"你没给家里说啊？没事，我有被子，我们两个盖一个。走！"尕喜讲义气，接过我背的两嘟噜东西，搭在肩上，转身向那两束强光走去。我跟着他到了车前，他一跃而上，说："雷二爸，家雀也要去！上来吧。"他伸手拉住了我的手，一把将我拉上了车。另一只手接着我，我抬头，是改娃姐。

那拖拉机的两束强光不断劈开黑暗，突突突地奔跑起来。

"这娃，不好好上学，跟我们背老日头去！"雷二爸嘴里含着旱烟棒子说。

我没说话。

"他不想上了，前几天就说了，怕他爹打他。"孖喜为我开脱。

"家里的人还不知道吗？"马三婶在一边问。

"知道还了得，腿早断了！"孖喜说。

"你连铺盖也不背，那里冻得很！"改娃姐在一边说。

他们说话的声音都很大，和拖拉机声混在一起。

"我俩盖一个，行了。"孖喜又说。

我心里对孖喜充满感激，够义气。

在拖拉机的突突声中，我们终于到了谭家井火车站，黑色的天透出了亮色，一座起脊的房子不是横着，而是竖着，扭着身子，像一只撅着屁股的母鸡，那三角形的屁股蛋上横写着六个红色的大字：谭家井火车站。这让我大开眼界，原来火车站就这么屁大的一点，还不如粮站，粮站还有几个圆而高的粮囤呢。大伙儿在车站前面不远处，下了手扶拖拉机，背着铺盖，吊着馍馍包，像一只只头小屁股大的蚂蚁。

看见了火车站，我心里开始发急，没有一分钱，拿啥买票？我悄悄捣了一把孖喜，他转过身，我说："我没钱。"他说："跟着我就行，要钱干啥！"我说："给我借点。""干啥？""没钱买票。""谁坐火车买票？铁道游击队的，免费！"他的鼻孔吊着两个亮晶晶的清鼻涕蛋蛋。

我们没有进火车站，而是绕到了火车站的东面，从一个逼仄的小道道穿过去，发着寒光的铁路就横在我们面前了，我们蹲在铁路边的红柳丛中。

太阳还没有出来，铁轨沉重无比，将隆起的那块土地沉沉压住了。这是我第一次见铁轨。

远处，一辆火车开了过来，像一条方头绿皮蛇，哐当哐当地停在了火车站。很快又冒着白气，寒冷无比地鸣一声笛，又哐哐哐跑了起来。

"这是客车，我们扒的是炭车。"孱喜在一边说。

"为啥不在车站扒？"我问孱喜。

"家雀，得票子啊——"改娃姐笑着说。

我羞得低下了头。

"总有一天，我要坐上客车，上兰州，下馆子！"孱喜说。

听了孱喜的话，大伙儿都笑起来。

"拾发菜的命，想的还是上兰州，下馆子！你孱娃心还野得很！"赵德娃在一边戏谑。

笑声中，太阳从灰蒙蒙的天边冒出来，像一个白发老汉的头顶，老气横秋。

"来了！来了！背好铺盖，分散开，快——"雷二爸喊。

刚刚放在地上没有多久的铺盖卷很快又挂在每个人的背上，蹲着的、坐着的，一律起身，从树丛中挪出了身子，从隐蔽状态公开了"游击队"身份，很快一溜儿分散开来。

"跟着我，看我扒，你就扒！"孖喜对我说，"把东西背好，不要掉下去。"

"放心。"我嘴上说着，心里却开始紧张。

那绿绿的家伙喘着粗气，从远处跑过来，放缓了步子，长长喊了两声，像脚驴一样，缓缓地向我们扑过来。

等车头刚晃过去，孖喜一步跨上高高的路基，我也随即跳上去，他精瘦的双手像翅膀扇动了一下，嗖地跳起来，像一块磁铁吸在了火车上；我不假思索也跳起来，伸手抓住了火车上的一个把柄，站稳了身子，回头看，火车上扒满了各种姿势的人。

"扒，快！"孖喜喊着，紧紧抓住上面的铁把柄，我也跟着往上扒。再看，孖喜不见了，我努力往上扒，三两下，手已经抓住了车厢沿，一只手有力地拉住了我的胳膊，我知道这是孖喜的手，他猛然用力，我也同时使劲，一头扎进了黑乎乎的煤粉里，等我抬起头来，孖喜在一边哈哈大笑："你看你，像个跳大神的，成啥了？张飞了！"

车厢里，好几个人都陆续从煤堆里爬起来，黑黑的样子，一个个哈哈大笑，互相欣赏着。改娃姐也是孖喜拉进来的，他这次拉得很轻柔，所以改娃姐没有掉进煤粉，就她的脸没有黑，但是却变红了。

"哈哈，你看，铁贼拿着旗旗叨叨叨骂着哩！"孖喜指着车下喊。

我们站起身来，抻长脖子向下看，几个铁路工作人员拿着小旗子，一边跑，一边对我们喊叫着，火车不理他们，哐当哐当越跑越快！

车厢内的煤粉随风飞舞,改娃姐粉红的脸上很快也被涂上了一层黑灰。赵德娃挤着眼睛,看了一眼改娃姐,捣了一下孖喜,说:"张飞的妹妹!"

"你又不是张飞。"孖喜回道。

同车厢的还有雷二爸,他安静地面向阳光躺着,不知啥时候嘴里已经叼上了旱烟卷。

赵德娃的嘴张开的时候,我突然觉得这家伙就像一条黑狗,张开了嘴,红白相间。

"家雀,你就像只灰老鼠,牙还白得很!"赵德娃在我笑的时候说。

我穿了一件灰棉衣,是哥哥的单衣改造的,原本是蓝色,后来晒灰了。

"你就像一条黑狗!"我随即反驳。

连雷二爸也忍不住笑了。他留了一绺小胡子,张开嘴,黑白相间,那样子才叫可笑,就像只黑驹驴。驹驴就是山羊,我们当地都这么叫。

孖喜凑过来,眼睛看着赵德娃,悄悄说:"雷二爸就像只夜彪虎。"我忍不住又笑了。夜彪虎就是猫头鹰。

赵德娃以为我们又在戏谑他,说:"两只沙老鼠,叽里咕噜又在说啥?"

我和尕喜的祖上都是从民勤搬迁来的，本地人都说我们惜（方言：小气）得很，又是从沙漠边上来的，就叫我们沙老鼠。我每逢听到这样的话，就感觉这是对我人格的极大侮辱。我感觉一股子热血直冲脑门儿，抓起一把煤灰，朝赵德娃扔过去。孰料，煤面子刚出手，就被风吹到了下一节、下下一节车厢。

赵德娃显然没有料到我会对他发火，虽然那动作被风掩盖了，但是，他已经看到了我愤怒的手势和眼神。他无言地转过身去，孤独地看着外面的光景。

改娃姐捣了一下我的胳膊，突然从衣服里掏出了一块锅盔，说："家雀，你早上还没有吃吧？给，我装了一牙子锅盔。"

我回头看，改娃姐眼睛里充满了柔情，我知道她这是劝我。我落下抬起的屁股，说："我吃了，改娃姐，吃了两碗干拌黑面，你先装上。"

"雷二爸，你吃吧。"改娃姐又把锅盔递给了雷二爸。

雷二爸也没有要，他说吃了荷包蛋。

改娃姐又递给了赵德娃，赵德娃也没有要。

最终，那锅盔落在了尕喜的手里，尕喜掰了一半给了改娃姐，改娃姐掰了一点点，把剩下的塞给了我。

在这些人当中，我年龄最小，十四，尕喜和赵德娃十六，改娃姐十五，雷二爸四十多岁了。他们都很照顾我。

太阳越升越高，照在黑色的煤上，人也渐渐暖起来。

我们十二个人散布在三节车厢里，不时有人探出头来朝外看，我是看得最勤的一个，近处的风景被火车拉着跑动，但是远处的风景却走得很慢。

大漠，晨阳，寒风，枯草。

车厢里渐渐暖和起来，适才被冻得有点不灵便的身子渐渐暖和了，无边的沙漠戈壁一绺子一绺子晃过去，荒无人烟。终于等到有人烟的地方，我问这是哪里，他们说冰草湾。这个名字我听过，还在本县境内。

尕喜抬手看了看表，对改娃姐说："看一下你的表上是几点？"

改娃姐显然还不太熟悉看表，动作没有尕喜那么夸张，也没有将胳膊抬得那么高，臂弯离得那么远。她几乎是将手腕塞在怀里，将袖头子轻轻往上推了推，仔细看了半天，说："十一点过五分。"

"我的时间也一样。"尕喜的口气难掩炫耀。

这当儿，我看见改娃姐有意无意地碰了一下尕喜的胳膊，可能是不想让人知道他俩都有表的事情吧。其实，大家都注意到了。我心想，尕喜这家伙都敢谈恋爱了！改娃姐的表肯定是他给买的。因为改娃姐就坐在我的身边，我瞟了一眼，看见那表和尕喜的表一样，只是小了些，都是电子表。

"哎呀，两个人都戴了表，都定了吧？"赵德娃在一边讽刺着说。

尕喜看了一眼雷二爸，雷二爸眯缝着眼睛，似乎是睡着了。

"太平洋的警察，吃得不多管得多！"我在一边说。

"你说啥？啥吃得不多管得多，你再说！"赵德娃这次显然没有听懂我说的话，但是听出来我是在讽刺他，这激起了他强烈的反抗和极大的不满。其实，尕喜和改娃姐可能也没有听懂，这是我们的老师教训我们的话，他们岂能懂得。

我笑了："太平洋知道吗？就是一个大海洋，有多宽？你想想那太平洋上的警察管得宽不宽？我说的是警察，你着急啥？"

这下把赵德娃蒙住了，愣了半天，泄气地躺下，我们三个笑起来。赵德娃被孤立了。

"懂得多，怎么不去考大学，跟我们背日头！懂得多能顶个尿用！"赵德娃想了半晌终于找到了一句攻击我的话。

我无话可说。

雷二爸的眼睛还是眯缝着，黑黢黢的脸就像我想象中的黑沙窝，皱纹像浓墨画了一笔，一道子一道子，鼻孔里更加黑不见底。

为了缓和车厢里紧张的气氛，尕喜说："德娃子，你给我们唱个小曲子。"

"唱啥小曲子，家雀能得很，家雀唱。"德娃子还在生我的气。

我说："我不会唱。赵老师唱，我学。"

这下大家才同时笑了，气氛终于缓和了。

德娃子扯开嗓子唱起来——

初一嘛到十五，十五的月亮高，

那春风摆动着杨柳嘛叶儿青；

三月里桃花开，亲亲把书带，

捎书带信着，要上个荷包戴；

说是这么说，脸上太难过，

我给我的亲哥哥，绣呀嘛绣一个；

今个天气好，绣呀嘛绣荷包——

海棠狗娃叫，门上人吵闹，

我把样样儿剜错了。

打开纸皮箱，取出纸一张，

十指尖尖儿剜鸳鸯；

一剪川草花，二剪佛爷花，

再剪上老鼠啃金瓜。

……

雷二爸是中午时分才醒来的，他看了看天，问几点了，尕喜撸起袖子，右手两指捏着电子表，说："十二点三十五。"改娃姐没动。

"中午了！哎呀，睡美了！德娃子唱的啥曲儿，我怎么听着词儿不对劲。"雷二爸说。

德娃子不好意思地说："胡哼了几声，雷二爸，你唱两句？"

"好，吃过饭，我给你们唱《太阳当天过》。"雷二爸提议吃午饭，我们从各自的包里掏出了干粮，都是黑面馍馍，改娃姐的也是。四个人互相谦让了一下，开始吃了。

此时此刻，我本该和同学们一块在教室里吃，或者在一百二十步长短的小街上溜达，来回晃荡。也不知道今天高老师见我不来上学，又是一阵怎样的叹息。同学们肯定都不知道我去哪里了，家里应该知道了，估计雷三开车回去，见了我爹或者我妈，肯定说了我去拾发菜的事情。我爹知道了该是多么生气，肯定又在我妈面前吹胡子瞪眼。

没想到我真的离开了学校，坐在火车上了。

黑面馍馍并非完全黑，张开嘴啃了一嘴，被咬开的豁口边上就是一道黑牙印。原来，牙缝里沾上了煤屑，咬过馍馍，俨然盖了一个邮戳，黑黑的圈圈里画着字母。我端详了半天，笑出了声，说出来，大家都笑了。

雷二爸咂巴着嘴说："煤这东西最干净，娃们，不要怕，这东西埋在地下多少年，又没有屎没有尿，我们吃的馍馍吃着香，你看那肥料，都是人屎人尿，驴粪猪粪，你说究竟哪个干净？"

"煤干净！"我们几个异口同声。

"就是，不要怕脏，不干不净，吃上没病。"雷二爸说，"出了门，不要讲究，为啥说好出门不如赖在家，出门就是出门，和家里不要比，等我们拾上三五斤发菜卖了，那时候再讲究。"

雷二爸的话是鼓舞人心的，大家都是为了家里过好些才出的门，家境好，谁还出门？我也这么想的，便随口说道："雷二爸，我岁数小，出来你们不嫌吧？"

"你这娃娃，出门在外，就是一家人。出来了，谁还嫌你！等车的那会儿，有的人就说，把你领上是累赘，我骂了一顿，谁从娘胎里跌下来就是大人？你爹身体不行，病恹恹的，你又上学，不挣几个，拿啥上学？我不但不嫌你，还夸你有志气，挣了学费，回去好好念书。"

　　我没有说话，鼻子酸酸的，还是强忍住了。雷二爸和我在一节车厢，原来就是想照顾我。我心里充满了感激。

　　雷二爸原本要唱《太阳当天过》，此时却唱起了《十劝人心》。我在歌声中陷入了沉思。

> 天上北斗七个星，
>
> 娑罗罗的树儿在月中；
>
> 天凭上个日月人凭上个心，
>
> 人留下子孙草留下根。
>
> 人留下子孙防顾老，
>
> 草留下须根年年青，
>
> 头一等的话给爹娘听，
>
> 爹娘的话好儿孝顺，
>
> 高茶贵饭爹娘用，
>
> 剩汤残饭儿孙用。
>
> 第二等劝话兄弟们听，
>
> 兄弟们话好家事成，
>
> 来人去客大哥哥行，
>
> 买卖行里二哥哥行，
>
> 留下个三哥哥人年轻，
>
> 庄稼地里多下工，

脚踏土块手扳楼，

两眼儿观看稀嘛稠。

……

　　我爹五十多岁了，年轻的时候腿痛、牙痛，他开了个大队证明，拐着瘸腿出门走了。两个月后，他竟然回来了，半个牙巴骨被取掉了，腿却好了。但是毕竟做了大手术，能把家里顾托住已经不易，三个姐姐都嫁人了，我幼小的心早就有了生存的压力。这么想着，加上雷二爸的话，我突然觉得自己长大了。

三

　　天麻麻黑的时候，雷二爸说："再过一阵就到了，收拾收拾东西，到中卫下车。下车的时候要小心，不要急着跳，等车慢下来，快停的时候听我说下再下，下车比上车难，有危险，先顺着车把手慢慢下，快到地面的时候再跳。"我记住了，我知道这些话主要是对我说的。

　　准备好了东西，大家等待火车慢下来，就像战壕里的战士，时刻准备冲锋陷阵。正在大家给各车厢发了信号，准备下车的当儿，车厢里同时掉进了几个黑疙瘩，其中一个就砸在我身上。

　　我失声叫出来："啥东西？"

　　"哦，哦，我——"

果然滚进来的是人。那几个家伙听见有人说话，爬起身来，转身又要跳下去，其中一个被雷二爸拽住了："干啥的？"

　　"捡些煤砟子！"那人用中卫话回答。

　　"不要命了？跳下去送了命咋办！"雷二爸喊。

　　此时，火车下有人哇哇大叫。我们扒在车厢边看，是刚跳下去的一个，疼得满地打滚，显然摔坏了腿脚。

　　"哥哥——"车上的人叫喊起来，挣扎着要跳下去。

　　此时，火车的确是慢了下来，像泄了气的长虫，慢慢蠕动。

　　雷二爸放开了那个黑乎乎的人，同时也招呼我们下车，我们几个按照雷二爸的指挥，缓缓扒着车帮，稳稳当当地跳下去。孕喜跳下去，站稳了身子，向前跑，接住了改娃姐。雷二爸接住了我，德娃子下得很稳当，没有任何闪失。只是那黑乎乎的人下得急，差点摔倒，却也算稳住了，随即站直了身子，向他哥哥那边跑过去。

　　我们的人都下来了，安全落地。

　　只是那中卫的小伙子抱着摔伤的人，长一声短一声地喊着哥哥。孕喜扔下铺盖，向那兄弟俩跑过去，我也跟着跑过去。

　　"怎么了？怎么了？"孕喜在一边问。

　　"腿疼啊！腿折了——"躺在地上的人惨叫。

　　他们一起上车的人都消失了，他们肯定以为我们是铁路上押车的人，怕被抓住了。

　　"咋办？"孕喜说。

　　"把我送到卫生所。"那地上的人扭着身子说。

抱着哥哥的是个看上去和我差不多大的人，他开始哭起来。

孙喜说："卫生所有多远？"

"不远。"哭的那家伙指着一边说。

"雷二爸，咋办？这家伙腿折了！送吗？"孙喜喊。

此时，大家纷纷围上来。

"走吧，都是穷人，送。今晚就住中卫吧。"雷二爸发话了，谁也没有搭腔，肯定有很多人不愿意送，但是，发菜是雷二爸踩下的点，带我们去，他说话就得算数；没有他，谁知道发菜在哪里？所以，雷二爸吐下钉子就是铁。

孙喜背上伤者，我在后面扶着，走了一段，那哭泣的家伙终于说话了："我来背吧，老哥。"

他接过哥哥，背在身上，吭哧吭哧地走得非常吃力，像一条热天里的小狗，喘着粗气。走了一段，我看他实在不行，就又接过来，没想到德娃子把我拨拉到一边，说："家雀，把我的铺盖背上，我来。"

我心里一暖，心想：这家伙，嘴上不饶人，心还是热的。

天黑透了。快到医院的时候，大部分的人都停下了，只有我和德娃子、雷二爸和孙喜走进卫生院，到红色的"急诊室"三个字前面，我们停下了，将那小伙子交给他弟弟，互相倒腾了一下，迅速撤离了卫生院。在灯光下我看见那哭喊的家伙拖着两条黄色的鼻涕，岁数和我差不多，也许也在上初中。

出了门，雷二爸说："快走，不要让他们缠上了，这人受伤和我们有关系。"我们撒开腿，一阵风似的离开了医院，向北面的郊区走去。

我们没有进城，城在远处张望着我们。进城住宿要掏钱，大伙儿身上最多四五块钱，少则两三块，都是用来救急的。再说，拾发菜的人住招待所，叫人听了都会笑掉大牙。而我，一分钱也没带，哪有钱住宿，更不要说下馆子了。他们都有经验，在郊区的农村，穷人见了穷人，就一定能找到安身之处。

匆忙到郊区，走了一阵，好歹看见前面有了灯光，大伙儿看到了希望。

在离灯光不远处，我和雷二爸、尕喜三个前去探营，其余的人原地休息。走到近前，大门口挂着牌子，是个道班站。雷二爸说："那好，公家的地方宽展，我们就住这里。"走到门口，才发现大门是锁着的，喊门没有人开，显然里面没有人。绕到房后，有一个窗户，窗口很低，一推，窗花居然开了，一股诱人的香气扑面而来。

尕喜二话没说，纵身一跳，钻进去。他划了一根火柴，找到了电灯泡的开关绳子，一拉，灯着了。我趴在窗口，望着里面的动静，雷二爸探听外面的风声。尕喜准确地揭开了锅盖，他忍不住笑出声来："哈哈，一锅油饼！"他往嘴里塞了一张，急忙拿了一沓子转过身来。刚挪开步子，又急忙回头，低头往锅里一看，急忙捂住了嘴，他的两腮憋成了两个圆球，嘴里似乎含了两个乒乓球一般。他迅速嚼了几下，咽下去的当儿，脸已经憋成了关公。他一手伸进锅里，抓起一块东西向我跑来，我早已张开嘴等着——疙瘩鸡肉！

两人都说不出话来，那兴奋的样子在二十年后，依然清晰如昨。他终于咽下了那张油饼，说了一句："一锅鸡肉油饼。"接着又塞了一嘴，又说不出话来了。

他在厨房里不停地寻找着什么，像一条狗。半天才找到了一个大塑料袋子，我知道他要干什么，他的嘴里不断地嚼着，一面把塑料袋递给趴在窗口的我，一面端起那锅来，将所有的鸡肉和油饼全部倒进了塑料袋。

雷二爸凑过身来，我把袋子递给他，重复了尕喜的话："一锅鸡肉油饼！"

尕喜拉灭了灯，我急忙掏出纸和笔，写了一句话："我们饿了，对不起！"塞进了窗户。

尕喜已经出来，急着找袋子，我指了指雷二爸，他把手伸进袋子里，又抓了一把，塞进了嘴里，同时把我的手也拉进去。

雷二爸没有吃，拉着我们一路小跑。大伙儿都知道，今天碰上了好运，我们摇晃着身后的大小疙瘩，像一群搬家的蚂蚁，又如一缕断断续续的黑烟，在夜色的掩护下，喘着气，脚步轻快地向远方飘移。离道班站很远了，在一片安静的星光下，我们围成一圈。此时，上弦月如钩，挂在东天。

"吃吧——"

一顿饕餮大餐，那是在家里一年四季也很难吃上的一顿美食。

尕喜和我一边吃，一边渲染方才的奇遇，大家幸福地聆听着。

讲完了，大家也都吃饱了。

雷二爸说："道班的工人回来肯定都气死了，连个鸡毛也没有留下，一帮子狼！"

大家笑了。

"赶紧走，要是被他们抓住，要活活被打死的。"雷二爸说。大伙儿刚刚放松的神经复又绷紧，急忙起身，在黑黢黢的路上疾步快走。

雷二爸边走边悄悄问我："你在道班站写的什么？"

"就是让他们理解的话。"

"哦，对，娃娃，人要有良心。"雷二爸表扬了我。

"站住——站住——"远处依稀有人喊叫。

怕道班站的人追上，大家走得很快，走了大概两个多小时，已经是晚上十一点，终于碰到了一个安静的小村子。因为太晚了，我们没有进村，悄悄找了个草垛，将被子拉开，我和尕喜睡在一起，像兄弟俩，旁边是雷二爸紧靠着，另一边是德娃子。我躺在德娃子身边，想起德娃子从我手里接过那伤者的情景，就心存感激。

那一夜，人们都睡得死沉，直到天光大亮，才陆续被冻醒。那是我一生中唯一一个在野外露宿的夜晚。

四

离目的地还有二十公里，我们要找一辆拖拉机拉一桶水进戈壁，供十二个人饮用。

雷二爸有经验，次日早，他领着我和尕喜找了一户又一户有车的人家，有的车出去了，有的车已经安排了活计，还有的不愿意进戈壁。最终还是雷二爸上次认识的一位朋友介绍了一家，原因是雷二爸给朋友带了一斤莫合烟，这户人家感激不尽。介绍的这家也应承了人情，要价是加一桶水，送到目的地五块钱。雷二爸不好商量，尕喜发话了："五块贵了，上次都是四块。"

"四块也行，算帮忙。只是没有干净的水桶，只有个油桶，得洗一下。""没问题。"雷二爸随即让尕喜和大家商量，先说定，后不嚷。尕喜给大家通报了价钱，四块钱平均分担，大伙儿都没有意见。随手收钱，每人四毛，剩下的八毛回来的路上公用。

雷二爸让我收钱，收到改娃姐的时候，改娃姐悄悄说："家雀，你的钱我给你交上不？"我说："算了，我给尕喜说好了。"改娃姐真诚地笑了笑，掏出钱，又说："再用钱，我给你交。"

我问雷二爸，一桶水够不够，雷二爸说，十二个人，每人每天两斤，两百斤水，差不多，天也冷了，好歹用完一桶水就出沙窝。

交了钱，我们就将那家人的油桶滚出大门，德娃子从车主家要了洗衣粉倒进桶里，又将碎石子儿捧进去好几捧，然后灌上了水，开始在村口滚来滚去，沙啦啦——沙啦啦——滑稽的样子就像一群屎壳郎滚驴粪蛋。村里的小孩子围在一边，看着这几个外地的小伙子玩耍。

滚来滚去，感觉里面的油渍差不多涮下来了，我们将那柴油味十足的水倒掉，再灌上水，加入洗衣粉，再滚，如此三番，那水总算清了。最后涮了一遍，灌上了净水，已经是中午时分。借了那车主家的柴火，架起灶来，女人们做了拉面，那车主家的女人抱来了一个三号锅大的包菜，算是救济。女人们炒了菜，大伙儿吃得津津有味。

吃完饭，那家的男主人发动了拖拉机，拉上水，车上面同时捎带了两大卷麦草，拖拉机突突突地向戈壁深处驶去。我和孕喜、雷二爸坐在车上，其他人背着铺盖随后步行。

三个小时后，黑沙窝到了。

远处看，果然黑，说是沙窝，其实就是戈壁。无非是黑沙和黄沙交替，黑沙压住了黄沙而已。

雷二爸找到了"故居"——一个避风向南的斜坡，卸下了水桶，那师傅开着拖拉机当即返回了。地皮子是原本就铲平了的，铺好了麦草，收拾停当窝棚，算是安家了。

捡柴的时候，孕喜给雷二爸汇报了收钱的事宜，说收了四元钱，我是学生，从家里出来没带钱，就没有收。雷二爸说："行了，收啥家雀的，这事你做得对，他是学生，哪来的钱？我们几个大人，连一个娃娃也帮不了，算啥？谁有意见，给我提。"我心里暗自惊诧：雷二爸和孕喜帮我是为了让我回去上学啊！

在雷二爸的安排下，我垒好了锅灶，捡来了柴火。

我们在一块高地上架起了一捆子湿漉漉的柴火，点着了，一股子浓烟直冲冲向高天上冒，这是给后面来人的信号，他们好顺着这个方向找到我们。不多时，那拖拉机又拉着剩余的人返回来。车上的人下来，都说遇上了好人，否则走死人。

雷二爸说："把剩余的八角钱也给那车主。"我急忙从内衣里摸出钱，跑过去递上去，那车主死活不要，说："钱给了，行了。"转身开着拖拉机走了。

按照男女分开和自由组合的原则，我们铺好了铺盖，我是和孕喜在一起，雷二爸靠左，德娃子靠右。

接着开始支炉灶，分为三组，正好四个人一组。我们四个自然是改娃姐、孕喜、我和雷二爸。

来之前，雷二爸已经安排好了，带了四口小锅。我们的锅是雷二爸带的。几个小伙子将水桶左右架稳，以免滚动，桶口斜侧，以便倒出水来。端了锅，接水。孰料，原本洗得干干净净的油桶在打开的一瞬间却冒出了一股难闻的柴油味，凑在一起接水的几个女人掩鼻离开，改娃姐说："你们洗的啥桶啊？咋还这么臭！"孕喜上前一闻，丧气地坐在地上说："当时你们也看见了，洗了多少遍，现在咋又臭了！"德娃子也说："就是，这油桶还出怪了！"

"路上摇晃的，把桶里的残油摇下来了。没事，你们等等，把上面的油花子倒掉就行了。出门在外，有啥水喝啥水。"雷二爸站在一边，指挥我们将水面上的油花子一层层接到锅里，又把油花子一口一口吹到地上，用剩下的水和面做饭。

问题是那桶洗过后原本已经干干净净，装的水也清亮亮的，这下，水黄澄澄的，似油似水。

火点着了，没有风。夕阳下，四股烟从斜坡下冒起，如四根柱子，扶摇直上，那烟蓝绿蓝绿的，煞是好看。

　　天上是千万层的霞浪，像华丽的舞女水袖，刚舞动起来，又凝住了；地上是无边无际的戈壁，柔软而舒展。我坐在高地上眼睁睁看着太阳落下去，一个金蛋——半个金碗——一个金狼牙——一缕金发——一串金珠。回头看天，上弦月已经挂在东天之上，寡白寡白的。

　　女人们揉好了面，开始往锅里下。我们组的饭最快，锅在柴火的催促下翻滚得比家里还欢快。只是锅里飘出了一股柴油的味道，我们三个都没有吱声，雷二爸更是没有吭声。

　　饭熟了，改娃姐从包里取出了一瓶子酸菜，小心下了一点点，在锅里搅了一阵，孕喜见了说："再下点，太少了，这不是毛毛雨嘛！"改娃姐说："两天吃完了以后吃啥？""我还有呢，一大瓶子。"孕喜说。雷二爸说："我也带了。改娃子，每天一顿饭，你计划着调就是了。"只有我没带菜，也没有想到。"家雀，拿过来再倒些，姐让你吃得香香的。"改娃姐对我说，我拿过那瓶子，改娃姐又往锅里面倒了些菜，那柴油味道一下少了许多。

　　"哦，我的天，我忘了带盐。"改娃姐在即将舀饭的时候，突然大声喊。孕喜没有说话，他显然也忘了带盐，我就更不用说了。雷二爸也没有说话。所有的人都没有吭声，最后倒是德娃子捏着一把青盐来了，只说了一个字："给！"这时候，雷二爸说："家雀有盐，谁忘了带盐来找他。"这下更没有人吭声了。

雷二爸这才把他拿的一包盐擩给我。我知道了，这是雷二爸专门拿我教育别人的。原来，雷二爸不说话，是为了试一试大伙儿的心思。

面片熟了，改娃姐给各自的碗里舀了饭。改娃姐自己端了一碗，到稍微远处蹲下，吸溜喝了一口汤，接着就吐了出来。

大伙儿都向这边看过来，许四婆已经不怀好意地挤眉弄眼。

"咋啦？改娃姐。"我赶紧问。

改娃姐的脸涨得通红，尽量压制住想呕吐的欲望，摇摇头，也没有抬头看别人。

"啊呀！呸呸！这饭怎么，怎么……"尕喜喝了一口汤，站起身来，一边啐，一边骂。

"胡骂啥！饭是养人的，咋能那么骂呢！娃们不懂事，有一口饭吃，是老天爷让我们有活路！"雷二爸严厉地瞪着尕喜说，吸溜吸溜地吃起来，他似乎丝毫没有尝到那股柴油的味道，反之，他尝到的全是饭香。

我喝了一口汤，嗓子眼像有一股子柴油要冒出来，我强压下去，眼睛里憋出了眼泪："哎……啊……"

"哈哈哈哈……"改娃姐在一边笑起来，把饭碗放在一边。

"这家伙，肚子里好像是油库。哦，是油田，要喷出石油哩！"尕喜也不管雷二爸的教训。

大伙儿听了，笑得戈壁仿佛都颤了起来。

雷二爸也笑起来，说："你肚子里要是有石油，那就富得流油了，还受这罪。"

"嘿嘿，我是穷得流油了。"尕喜笑着说。

刚刚说完，接连几个女人都哇哇吐在地上，许四婆之前挤眉弄眼，这下也耳红脸涨地吐，一口又一口空呕。

尕喜说："四嫂子，咋啦？身上有啦！"

惹得大伙吐的吐，笑的笑。

最后大家发现了一种办法，等饭凉了，不是特别烫的时候，那柴油味道也差不多就挥发完了，只出气，不吸气，猛猛吃上两大口；喘过一口气，再猛猛吃上几口，很快饭也就吃完了。

五

发菜就是类似海藻一样的东西，像黑油油的头发，只生长在戈壁荒漠，贴着地皮子生长。怪得很，有的地方一绺子一绺子，有的地方一根一根，说不清楚哪里多，反正就在这荒山秃岭、沙窝戈壁、干旱少雨的地方生长，和这里的人一样，偏偏就能活着。据说发菜的营养价值极高，可是营养再高，哪个拾发菜的人舍得吃呢，一斤十几块，就是当时一个国家干部半月的工资了！

拾发菜也有讲究，如果天气晴朗，清晨趁地皮子有潮气，发菜有韧性，才好拾；或者是飘上几片雪花儿，地上有了潮气最好，而这又是天气冷的时候。如果前一天下过雨，地皮子太湿，也不行，要等日头出来照上一阵子，发菜才好拾。从季节角度说，非得等到草枯草黄的季节。按季节看，深秋，草枯了，发菜才能露出地皮子，抓子才能抓着发菜；冬天太干燥，发菜脆，一抓，发菜就折了，也不算好季节；春天也行，在草发芽的前后，能够下上点雨最好，潮湿的地皮子正是拾发菜的好时机。但现在是深秋，下雨几乎不可能，下雪的可能性倒是很大，但是不能下大雪，雪盖了地面，就不行了。

黑沙窝大得很，北边是黄的沙窝，南边是黑的戈壁，中间是半黄半黑的戈壁。谁都知道黑沙窝有发菜，可是哪个地方有，在我们昌灵镇两万多人中，只有雷二爸知道。据说，雷二爸早年在那地方背过青盐，所以他才知道啥地方有，啥地方没有。有人要跟他来，事先要到他家里申请，当然不是写申请书，但又有点类似，你得亲自去求他带上自己，但不是所有求他的人他都带。他挑人，首先是出门在外不计较的，再就是年轻人，按他的说法是年轻人需要老天爷帮，上了岁数的，老天爷都给一口饭吃了，该满足了。再说，破坏了草场，牛羊吃啥去，喝西北风去？政府原本就明令禁止，不许拾发菜。但是，政府抓住了拾发菜的人也没办法，拾发菜都是穷人，啥也没有，只有没收了发菜了事。

一大早，天还黑漆漆的，雷二爸就咳嗽着坐起来了，一边弄出动静，提醒大家该起床了，一边卷上一棒子烟末末，啪啪地抽着，过他的烟瘾。

听到雷二爸的咳嗽声，我将头伸出被窝，一股凉爽清新的空气钻了进来，同时被窝里一股臭味冲了出去，我才知道尕喜那脚有多臭！整整一个晚上，尕喜的臭脚就在我的怀里，这是我们临睡前制定的互搂臭脚的方案——为了相互取暖，也为了不争被子。

满天的星星低低垂下来，离我们很近，我才明白自己睡在戈壁滩上，而不是在自己家里；起床后不是去上学，而是去拾发菜。

我将胳膊放在被面上，感觉到空气湿冷得像被谁偷偷喷了冰水一样。

"雷二爸，几点了？天怎么还黑黑的。"我问。

"我没有戴手表，你问戴手表的人。三星都快落下去了，我估计差不多六点了。天气潮得很，抓菜的好天气啊！"雷二爸说。

我推了推尕喜，他哼哼了两声，用被子将头蒙得更加严实了。我只好问改娃姐了："改娃姐——改娃姐——"

"嗯，做啥哩？"改娃姐睡意未消，迷迷糊糊地说。

"几点了？"

改娃姐看了半天才说："六点半。"

"都起来吧，抓菜要趁天气潮，干啥有干啥的门道，早点走，下午回来再睡吧。"雷二爸说。

大家陆续从被窝里探出头，磨磨蹭蹭地爬起身来。

"都拿上吃食，中午回不来，带上够吃两顿的。抓子、袋子提好，不要单独走，先一起向北面走，等我说抓，大家就抓。"雷二爸喊叫了一声，先收拾了东西走了，我又把尕喜捣了一下，他才哼哼唧唧地爬起来，慌里慌张穿戴好了，最后跑过来。一面跑一面说："我的后头有个啥东西跟着哩，一双绿眼睛闪着光。"

女人们听了这话，吓得大叫，急忙往雷二爸跟前靠拢，尕喜却在后面哈哈大笑。

"是尕色狼啊——"有个女人说。大伙儿都笑起来，唯独没有听见改娃姐的笑声。

约莫半个小时后，雷二爸停下来，判断了一下位置，说："都一字摆开，互相靠上，像拔田一样，不要单独走，也不要落下太远。这里可真有狼哩，落下叫狼吃上，我可不管。"

这让我想起大靖城的人戏谑我们乡里人的话："乡里棒，顶门杠；顶不住门，叫狼吃上！"

地上响起了沙沙沙的声音，钢丝抓子抓着地面，发出轻微的声响，听起来很是享受；看不到抓子上面是否抓上了发菜，但是我一直想象着抓子上那黑乎乎的发菜不断地顺着钢丝往上爬。我抓了半天，感觉抓子上面沉甸甸的，估计菜满了。尕喜蹲下身子，划了根火柴看了一阵子，大声说："菜好得很，五块钱到手了！"

大家听了都欣喜地笑着，许四婆说："尕喜，你的五块钱借给我今儿个花一下！"

"行哩，借给你今天买一股子西北风喝上！你就不用吃饭了，咋样？"尕喜笑着喊。

"算了，我知道你舍不得，先给你身边的人买上喝吧！"许四婆的嘴也不饶人。

我回头看，尕喜正划着火柴看着改娃姐的抓子，他小声说："你看，这菜真好着哩！"

"嗯，话少些。"改娃姐在一边埋怨他话多。

"开玩笑，有啥哩。"尕喜在一边大大咧咧地说。同时把抓子上的草和菜捋下来，装进了自己的尼龙袋子。

我没有带火柴，只是摸索着将那抓子上的草菜捋下来，杂草中发菜那绵软的手感好极了。

大伙儿说说笑笑，弓着腰，向前挪动着，天也渐渐亮起来。

日出时分，有的人已经抓了五六耙子，有的人抓了七耙子，趁着天光才看清楚，白色的干草丝当中，大多是黑油油的发菜。人们情绪高涨起来。

到了十点钟的样子，我们已经走出很远了，太阳也渐渐暖和起来，地上的潮气渐渐散去，但还没有完全散尽，有人坐下来吃馍馍，有人还在抓住这潮气的尾巴，沙沙沙地往前走。

雷二爸坐下来，叫我停下来休息。他没有吃馍馍，先是卷了一棒子烟，点着了，青烟缭绕。他吸的声响很大，似乎烟很香。他对我说："你先吃，我抽个烟。"

我一面吃着馍馍，一面心里算着今天应该星期四了，第三节课该是数学。雷二爸说："这苦好受不好受？"

"嘿嘿，不好受。"我说。

"娃娃，天下的人都是种田人。为啥有人不种土田，要种书田？种书田终究还是轻松，收一茬子庄稼，吃一辈子，甚至几辈子；农民种田，那是靠天吃饭，老天想让你收你就收，老天不让你收，你就收不走。由不得人！种书田的人老天能管住吗？管不住。种书田的人是管种土田的人的，不论种土田的人有没有吃的，先得让种书

田的人吃饱，他们吃不饱，天下乱了，谁也没有饭吃。"雷二爸看着远处黄澄澄的沙窝说。

我随着他的目光看去，无边无际的沙窝，被日头勾上了金边边，一浪一浪的金边边。

"你家里穷，但你是个读书的料，你看孕喜，现在想读书也不行了，留了几级，年岁比你大，跟不上了，你在我们村庄算是学习好的，初中也考上了，回去了好好学习，外面的钱再多也是一时，种下书田是一世的。"

我嗯了一声，算是应承了雷二爸。没想到雷二爸越说越有道理，就是在课堂上，我也从来没有听到过这么高深受用的话。

"你看看你爹，一辈子苦下了个啥？还不是三间老鸹架？这就是种土田的下场，最后落下一身病，哪一天一口气上不来，一世就活完了。"

雷二爸说着说着，我的眼睛酸了。他没有看我的眼睛，泪眼中我仿佛看到我爹在田头踩着铁锨默默劳作。

六

据说，南方人喜欢发菜，一方面发菜是"发财"的谐音，还因为发菜的营养价值的确高，还能防癌。

连续几天，大伙儿的情绪都很高。第四天下午三点多回去，大伙儿傻眼了：窝棚被抄了！四个锅的每个锅底都被钻了个洞洞。

显然这是管草场的人干的，大家急忙检查其他物品，面都在，菜和馍馍也在，铺盖也都完好无损，就是锅底透了！他们是不让人吃饭了。吃不上饭，你总得走，你不走，咋在这里活下去！这是绝人后路啊！

大家都很气愤，只有雷二爸很清醒，他说："锅是小事，赶快去看看我们的东西！"大伙儿才明白他所说的东西是什么，就是拾来的发菜啊！

其实，雷二爸对草原上的这一手是早有防范的。我们每天下午回来，休息一阵子，皱着眉头吃完柴油饭，就开始择菜，就是把菜里面的草屑先抖落一部分，剩下的发菜就像头发一样缠在一起，接着就一根一根把更细的草屑择了，剩下的多数就是发菜了。第一天处理完了发菜之后，雷二爸说："每个人的发菜单独装在一个包里，跟我去埋东西。"大伙儿就跟着雷二爸来到了一块黄沙地里，刨开了一个坑，将大家的东西都塞进去，然后再用沙子填平，不留一点痕迹。雷二爸提醒大家都要记着这个地方。这样做一则怕人偷了，二则主要是怕草原站的人来搜查，搜到了我们的东西，那就全完了。

雷二爸毕竟老到，我们听得他说"看看我们的东西"几个字，一窝蜂跑到了"仓库"所在地，那块沙地纹丝未动，像个听话的孩子，安睡在原地。大家放心了。再看看周围，也没有其他痕迹。有人要挖动看看，被雷二爸挡住了。

回来的路上，大伙儿虽然骂骂咧咧，但心里还是暗自庆幸，孞喜嘴上骂着："不能砸人的饭碗，不能断人财路，不能掘人祖坟；这是人一辈子最不能干的三件事！看看这帮家伙，就单单砸了我们的锅。"骂归骂，却也没有那么大的火气，只是担心吃不上饭，也就只有回家了。

"再不要唠叨了，娃们，你们懂个啥？我们这才是砸人家的饭碗，断人家的财路。你们说，把这滩上的草抓完了，让人家的牲口吃啥？人家靠牲口过日子，草没有，牲口没有了，是不是饭碗被我们砸掉了？没有了牲口，是不是断了财路？"雷二爸叹了一口气，说："唉——都是靠天吃饭的人啊，我们也是没有办法，要不，谁愿意这么老远的来干这活，受这罪啊！"

谁也没啥说的了，似乎都在忏悔。

半天，尕喜说："锅也被砸了，咋办？只有回啦！"

"愁个啥？锅，我想办法。照样做你们的饭，照样抓你们的菜。"雷二爸说。

当我们感到无助或者没有主意、彷徨不定的时候，雷二爸几句话就能让人安神。改娃姐听完，二话没说，就开始揉面。其他三组的女人们也拾拾掇掇开始做饭。

等改娃姐揉好了面，雷二爸叫大家把锅都拿来，他说他要箍炉锅。

"嘿，他会箍炉锅？"谁也不相信。在我们昌灵镇，有专门箍炉锅的，算个匠人，叫箍炉匠。挑着个担，担子里面有个脑壳大的小火炉，很精致，还有炭，也有能烧成铁水的原材料。正是《林海雪原》里面的小炉匠干的营生。可是这里没有那家什，他怎么箍炉锅呢？

四口锅摆在面前，雷二爸仔细端详了一番，说："这是钎子戳的，小洞洞，不是大问题。改娃子，把你的面拿来一疙瘩。"

　　改娃姐正在揉面，揪了一疙瘩，递给了雷二爸。雷二爸团弄了半天，然后，揪了一小疙瘩，塞在了锅底戳开的洞内，捏了又捏，按了又按，最后说："把水接上，快去烧水，把人渴得嗓子里冒烟。"

　　大伙儿看着都笑了。

　　很快四口锅的水都烧开了，居然没有漏半点水。正当雷二爸吸溜吸溜喝着开水的时候，风刮起来了。雷二爸手搭凉棚，看着远处黑沉沉的云，说："黑风来了。抓紧做饭吃，要不风太大，做不成饭了。"

　　各组在炉灶的周围堵上了发菜袋子，以便遮住风，免得风吹灭了火。但是，风里面的沙子却是无论如何也挡不住的，大伙儿围在炉灶周围抓紧下面。由于面还没有醒开，手里都是僵死的面疙瘩，大家只好揪成了块状的面，既不是面片，也不是疙瘩，就是面团。

　　风越刮越大，天色越来越沉，草原戈壁在风的吹刮下，坦荡得很，一绺沙子在风的驱使下，像一条丝绸，向南轻盈飘去。

　　锅里落了不少的沙子，好歹面片算熟了。

　　饭舀到碗里，先吹去上面的油花子，接着就吃，今天这顿饭既是柴油饭，又是沙子饭，牙碜得很，没办法嚼，都是咯吱咯吱的声音。

　　"把饭倒到锅里，沙子重，饭轻，再加点水，烧开了，让沙子沉下去再舀。"雷二爸说。

　　大伙儿赶紧添水烧火。等锅开了，火熄灭，用勺头轻轻晃一下锅里的面片，再舀出来，沙子少多了，面算能吃了。吃到碗底，面沙相混，将面片在汤里面摆一摆，摆掉了沙子，吃了面片，剩下的就是汤了。再等一会儿，沙子沉下去了，再喝汤，最后碗底剩下一层黄黄的沙子。

天提前暗下来，风沙越来越大，越来越冷，似乎是要下雪的样子。

雷二爸说："黑风来了，天冷得很，把发菜袋子当枕头，枕在头下面，提前睡觉，谁也不能胡跑。"

等我们收拾好窝铺，黑暗已然来临。我们将自己严严实实裹在被子里。只听得外面如千军万马，呼啸而来，沙粒打在被子上啪啪作响，整个黑沙窝突然翻脸了。

尕喜的脚实在太臭了，我试着将头伸出去。外面漆黑一片，指头蛋大的石子儿啪啪打在头上，生疼生疼，我赶紧将头缩进去，在被窝里叫唤。同时，又在被窝里掉了个身子，和尕喜头对头睡下。

尕喜被我骂了脚臭的话，也不生气，沉默了半天，说："你还是去上学吧，家雀，这苦不是人受的。"

"改娃姐都能受，我咋啦？还不是你教唆，要不我早在家里吃完饭，写作业哩。"

尕喜没有回话，像大人一样长叹一声："你改娃姐也就这命了。"

"尕喜，你有本事，再不要让改娃姐受这罪了！"我说。

"我也想啊，我和她结了婚，就再也不让她拾发菜了！"尕喜在被窝里似乎是向改娃宣告他的誓言。

我在被窝里大喊："改娃姐，尕喜要和你结婚——"

外面狂风呼啸，谁能听得到呢。

尕喜也跟着我在被窝里大喊："改娃子，我要和你结婚，不让你拾发菜了！永远——"

我俩在被窝里狂笑。

外面，黑夜呼啸而来，狂风和沙粒相伴，浪漫奔走。

"家雀，你答应我，去好好上学，将来考上大学，做个城里人，我和你改娃姐去城里看你！"尕喜说得很慢，似乎要穿透黑暗，将这些话刻在我的心上。

我在黑暗中狠狠地点着头。

次日大早醒来，昨夜的黑暗和风沙都消失了，像一场噩梦。天晴了，星星垂挂在天上，没有一丝风。雷二爸正坐着抽烟。我刚动了动身子，一条滑溜溜的冰凉的东西钻进了被窝。我吓得跳起来，喊："蛇！"尕喜也惊得坐起来，问："啥？""滑溜溜的，好像是蛇钻进来了。"我说。

"是沙子，哪来的蛇！"雷二爸在一边平静地说。

尕喜划着了火柴，是一绺细沙从被缝里滑进来，冰冷冰冷的。被窝外被沙子包围着，我们的被窝就像一个个小沙丘。

七

发菜是前所未有的多，但凡前面拾过发菜的人都说好。

到了第九天，意外发生了。

　　尕喜和改娃姐居然消失了。有人看见他们走在前面，走着走着，
人就不见了。

　　天很冷，刮着风，像一把把小刀刺来，没有沙。

　　当时，雷二爸说："先不要管，尕喜带了火柴，只要有火就没
事，我们回吧。"

　　这下许四婆有话说了："可能碰上好事了，天黑就来了。"

　　"一准迷路了。"德娃子说得老气横秋。

　　"你个青瓜蛋子，懂个屁。"许四婆又说。

　　"别满嘴胡说了，这话是轻易说的吗？"雷二爸说。

　　许四婆终于闭紧了嘴巴。

　　我们回到了窝铺子，还是不见他俩，等我做好了饭，还是不见
人，等我们吃完饭，收拾完当天的发菜，还是不见人。

　　天已经黑了，风越来越大。

　　"关键是风大点不着火。"雷二爸说，"没关系，等风小些，
你们就去点火。"

　　风没有半点小下来的意思，火刚点着，就被风给吹灭了。大火
还不敢点，雷二爸说，要是点着了草原，我们就要坐牢了。

　　德娃子突然笑嘻嘻地跑过来，坐在雷二爸的身边说："二爸，
你不是会打十吗？你打个十，看看他俩在啥地方？"

　　"打十，我会。"我在一边说。

　　小时候，找不到牲口的时候我就打十，这其实是人们心中的渴
望与期待，并不是很准，也没有科学根据。我在手心里唾了一大口

唾沫，食指和中指并拢，刚抬起来要打，雷二爸发话了："面向北面，站着，心里默念尕喜和改娃子在哪里，打！"

我的两指轻轻打下去，那团唾沫向北边飞去。

"在北边。"我喊。

"估计没错。"雷二爸说，"就怕碰不到人烟——"

"测个字吧，二爸！"德娃子似乎不相信我打的十。

"找一张报纸去。"雷二爸说。

德娃子很快找来了一张裹馍馍的报纸，上面满是油渍，放在了雷二爸的身边。雷二爸说："找个柴棍子，细的，在报纸上戳一下。"德娃子就地噌的一声拔了一根芨芨草，折断了，在报纸上戳下去，一动不动地看着雷二爸。雷二爸说："拔掉，看看你戳准的是个什么字。"

"我看，我看——"德娃子趴在报纸上，端详他戳破的那个字。我凑近一看是个早字，我说："早！"

"哪个早？"雷二爸问。

"早晨的早。"我说。

"就是，早晨的早。"德娃子在一边附和。

"早——"雷二爸一边在手心里写着早字，一边念念有词，"早，好字，明早太阳出来的时候，在十字路口就碰到他们了。没事，安心睡觉。"

夜黑透了。天是阴黑的，和地一样黑。睡下，却冷得睡不着。雷二爸说："快找点杂草，在沙子上点上火烧一阵，就是烫炕了。"

　　大伙儿纷纷捡来了柴火，在各自睡的地方点上火，我们围着火烤了半天，身子也渐渐热了，然后，用沙子将火扑灭，再铺上铺盖，果然，身子下面暖暖的，比热炕还舒服。

　　这一夜，我一个人盖着一个被子。按理是一个舒坦的夜晚，可是我心里一直牵挂着孖喜，翻来覆去，怎么也睡不着。直到深夜风小了，我悄悄起来，将高粱堆点燃了，希望他们能够看到火找回来。可是整个晚上，他们始终没有回来。

　　我等待着天亮，在等待中睡去。

　　次日一早，天麻麻亮，没有风。我们匆匆收拾好了东西，按照雷二爸的安排，一字排开，向北边的戈壁走去，相互之间的距离可以疏远些，但是，必须保持互相看得见的距离，确保不迷路。

　　我们一边走，一边点燃火堆，一路上，点燃了的火堆像烽火台一样，向北方排列开来。点火，抓发菜，瞅人，同时干三件事。

　　直到太阳出来的时候，有人突然喊："看，那边有人！"果然是两个人，孖喜和改娃姐两个靠在一起，背靠着背，蜷缩在一个稍微避风的洼地里。

　　"孖喜——改娃子——"

　　"改娃姐——孖喜——"

　　这才见他们从地上直起腰来，孖喜向我们招手。

　　走到跟前，我看见改娃姐的眼睛哭得红肿，急忙说："改娃姐，没事吧？你饿了吧？快吃些馍馍，把人都吓死了！"

　　"不吃，饱着哩！"改娃姐说着，眼睛就红了，"走得太远了，简直吓死人了。"

"吓个屁，不就是远了些吗？嘿嘿——"孕喜显得无所谓，但多少有点不好意思，"二爸，让你们担心了。"

"我知道你没麻达，担心的是改娃子扛不住。"雷二爸说，"找到就好，以后出来都要时常互相牵伴着，你们幸亏是两个人，要是一个人，准出事哩。"

"二爸，你测字测得准，真是早上的十字路口！"德娃子说。

我才想起来昨天下午雷二爸测字、我打十的事来："我打的十也是准的，不信你听着。你们走到哪个方向了，孕喜？"

"不知道——"孕喜还在懵懂中。

"还用问吗？我们是朝哪个方向来的？北面吧！"我问德娃子，德娃子点头承认。

看着改娃姐哭红了的眼睛，知道他们大难不死，大家没有再敢说什么，开始一路向北挪动，拾着发菜，缓缓挪动。

我跟着孕喜，问来问去才知道，他们的确是迷路了。

孕喜说，本来我们是朝南边走，可是走着走着，风刮得不行，我俩就蹲在一起避风，等避过风站起来，你们都没有踪影了。站起身来，我们就不知道方向了，走了一圈，没想到回到了原来的地方。这时候天已经黑了，你说怪不怪，我们两个人，咋就在原地转圈圈呢？真是踩上迷魂草了！没办法，你改娃姐哭哭啼啼，我也慌了神，索性只管朝风吹来的方向走吧，这样总不至于在原地转圈圈吧。于是我俩就顺着风的方向，一直走，也没有个避风的地方，直到后半夜风小了，我们才点了一堆火烤了一阵子。没有想到我们点的那堆火还救了我们。其实我们所在的地方离大路不远，正好一辆拖拉机过来，看见我们的火堆停下了，我们举着火把，跑到他们跟前说了情况。他们人好，把我们拉到了不远处的一个村上，在一家小饭馆里给我们管了一顿清汤牛肉，然后在那馆子里凑合了一夜。今天早上才把我们送到了这一带，这才辨出了方向，看到了走过的这个羊肠子路，还有个小十字呢。

我一听更知道雷二爸测字真是准，心里暗自佩服不已。

后来就有了关于他俩那天晚上消失的多个版本，尽管雷二爸再三要求大家回到家再不许提这事，但是，十二个人的嘴谁能管住？铁门能锁住，两片子肉难管。

有人说他们那天其实就是故意迷路干好事去了，尕喜早就带了充足的馍馍，还带了水；也有人说，尕喜那天晚上是骗了改娃姐，其实就是强奸了改娃姐，因为改娃姐那天确实是哭红了眼睛的，这红眼睛倒是我亲眼所见的；也有人说他们就是迷路了，和我亲耳听说的版本一样；还有人说，那天尕喜想把改娃姐领上私奔，改娃姐不同意，最后只好回来了，等等。总之，关于他俩的说法很多，但我相信尕喜不是那号人，他不是骗人的人。但是，我们回到家后不久的春天，他俩的确私奔了。那些说法原先是暗暗流传，后来他们真的走了，这话就公开说了，尤其是许四婆，说得有鼻子有眼，好像那天晚上她跟着那两个人一样，在啥地方干了什么，开始改娃姐怎么反抗，后来又怎么被压住了，等等。最后，许四婆的结论是因为改娃子怀上了，在村上没脸待下去了，只好求尕喜带她出去的。总之，两个人都不是个好货——枣木棒槌，一对儿！

八

天气越来越冷，自从那场风刮过。

我们把带的所有衣服都穿上，在清早还是有点冷，棉袄、绒裤，甚至将能穿的单衣都套在身上，还是冷。

第十一天晚上，桶里的水也不多了，大概也就能维持两三天了，雷二爸征求大家的意见："走，还是再抓两天？"多数人的意思还想再坚持一两天，毕竟这么远来了，这么多天的罪都受了，谁在乎一两天，能多抓一点是一点，多一天就有四五块钱呢。

雷二爸同意了。

次日早上，天冷得很，干冷。大家在被窝里早早就被冻醒了，只是没有起来。雷二爸早早起来，拾来好多的柴火，堆放在窝棚旁边为大家点着了，柴火噼噼啪啪的声音和火光活跃跳动的样子并没有多少温度，倒是从心理上驱了寒。同时，雷二爸特意为大家烧了一锅开水，让大家先喝点开水，吃点馍馍，以增加体能，然后出动了。

走了一阵子，大伙儿冻得不行，就烧火烤一烤，烤上一会儿，再去抓。如此三番，终于等到太阳出来了。冬日的北方，太阳刚刚出来的那阵子真冷，俗话说："太阳冒花子，冻成个屎坨子。"耳朵似乎没有长在自己的头上，谁也不敢轻易拨拉，怕冻脆了的耳朵一拨拉掉下来，只敢用手轻轻捂着，慢慢才能恢复感觉，恢复感觉后又火辣辣地疼。我最冷的是双肩，两个肩窝里仿佛装满了两个冰疙瘩，那冰疙瘩很重，走上一会儿就压得人走不动了，只好停下来用双手交叉压住双肩窝，以便取暖。我知道自己穿得太少，衣服又不保暖，里面没有线衣，只是一件破衬衣，走风漏气。

多数人都一样，冻得清鼻涕直流，鼻子疙瘩都红得像马戏团的小丑，手上的垢坏一层，其实多数就是鼻涕。尕喜也一样，但是他时常掏出一个手绢擦鼻涕，那手绢一定是改娃姐偷偷送给他的，但是他那打过蜡的头发早就和我们一样成了鸡窝，还有杂草尘屑混杂，和抓来的发菜一样。

另一个重要的事情是，我的身上生出了虱子！我开始是不相信自己身上会有虱子的，因为我基本上是爱卫生爱洗衣服的，但是后来感觉腋窝里痒，顺手摸进去，一个小小的东西正在痒处，小心翼翼抓出来，就是虱子。但是我坚信那虱子是尕喜染给我的，因为尕喜也时常抓出个东西来，用两个大拇指指甲挤死，两个大拇指甲上冷不防就能看到血迹。我甚至想，如果我抓出个虱子来，绝对和他身上的虱子长得一模一样，我坚信我们身上的虱子是一个血统。但不管证据如何确凿，我也说不出口来，因为到后面几天，我的馍馍完了，吃的是他和改娃姐的，睡的是人家的被子，花的是人家的钱，时常还要受人家庇护，咋能嫌弃那个小小的动物呢？何况那玩意儿它能吃死我吗？能喝完我的血吗？能把我痒死吗？都不会。那我还有什么理由嫌弃呢？何况皇帝的身上都有三个虱子，不要说我一个逃学的娃娃身上，有个虱子，不算丢人。但是，虱子却往往在人们身子暖和的时候就待不住了，尤其是我们坐在一起烤火的时候，开始大肆痒人，这时候，我总是强忍着，而德娃子比起我来，就显得没有定力了。他总是坐着坐着，突然将手伸进衣服里面抓痒痒，或者坐着坐着，突然耸起双肩，像要跑步一样，那样子真是滑稽至极。改娃姐看着他偷偷捂着嘴笑的时候，他才将双肩松弛下来。我也在心里偷偷发笑：改娃姐的身上绝对有那小玩意儿，因为我相信她和尕喜那天晚上是搂过的，既然搂过，那虱子难道就不知道胡跑的吗？而且按照我的理解，虱子也能闻着味道，那小玩意儿肯定知道谁的血香，不要说改娃姐的血，就是我的血也比他尕喜的香多了，否则，虱子咋会从他的身上跑到我的身上呢？从这一点可以充分说明，虱子是有嗅觉的。由此断定，改娃姐的身上也有虱子无疑。可是，她却在偷偷笑着德娃子扭着身子的丑态！

后来，为了证实我的想法，在回来的路上，我偷偷问改娃姐："改娃姐，你见过虱子没有？"改娃姐的脸腾一下红了，她说："见过，我们家的尕球身上就有虱子，我每天都给他捉虱子，衣裳缝子里有好多，恶心得很。这些天身上都脏了，你回去多洗洗衣服，把身上擦一擦就没有了。"我说："你身上没有吗？"改娃姐说："我身上当然没有，那是懒人身上才有的。""嘿嘿，那比如懒人身上的虱子染给你呢？"我不怀好意地笑着说。"你个小坏蛋胡说啥？谁身上的虱子能染给我？我看看——"改娃姐说着，脸又红了，开始动手在我身上抓，"我看看你身上的能染给我吗？"我笑得上气不接下气，只好求饶。

那天回来的时候，铁桶里面的水已经被冻上了，好家伙，我们正要在铁桶边上烧火融冰，雷二爸却把我们挡住了，说："冻得好，今天的水保准不是煤油水了，今天叫你们吃个净水饭。"我们都不得其解，雷二爸说："把桶里的冰砸烂，拿下来，我看——"原来，水是可以结冰的，而油是不结冰的，油水混合物是半结冰的，我们正好将那油水混合的家伙全部扔了，将完全结冰的水放进锅里，那水开了，果然是纯水的味道，香极了。那是我第一次尝到了水香。后来看到书上说什么真水无香，觉得都是扯淡。

日子越来越短，原本可以在晚饭后收拾荒菜（荒草和发菜的混合物）的时间是充裕的，而现在几乎收拾不了几下天就黑了，只好胡乱将大草抖一抖，其余的全部埋了。

那天晚上，没有刮风，也不是特别冷，旷野寂静。

我们烧好了"炕"，暖烘烘地睡下了。谁知道早上起来，我们身上完全被雪覆盖了，足足有一拃厚的雪！那雪是透气的，否则，我们会被活活捂死；那雪又是保暖的，轻轻落在被子上，里面热，外面冷，因此大家醒得格外迟些。早晨起来，大家都没有因为这样的现状而伤心，反而感到很兴奋，也许是空气好，睡得踏实的原因，大家都在被窝里不想起来。雷二爸也没有起来，趴在被窝里，探出个头来，面对皑皑白雪抽起烟来，抽得格外香。

人们在被窝里躺够了，才一个个翻身起来。

一场雪后，发菜是抓不成了，老天要大家回家呢，这一天是我们在阿拉善右旗的最后一天。我们起来，将剩余的柴火都点着了，将那干干净净的雪消融在锅里，烧开了，每个人先喝了两碗盐开水，身子渐渐暖和起来。然后将所有的面和在一起，用开水烫面，做成了小饼子，将所有的油倒进了锅里，准备烙油饼子。当一股清香散布在白雪皑皑的戈壁的时候，我感受到了不一样的幸福！

烙完油饼子，我们将剩下的油做成了面茶，再将剩下的酸菜都炒上，一顿丰盛的早餐开始了。

尽管天气极冷，但是，我们却并不觉得多么难受，我们每个人的身后都留下了一串串的脚印。

我从阿拉善拾发菜回来，学校也快放寒假了。我爹没有责怪我一句话，我妈躺在炕上病恹恹的，见了我就哭，看到我拾来的发菜却又笑了。

回家次日，我毫不犹豫地去上学了，老师问我怎么又来了，我说没有钱上学，我去拾了一趟发菜。老师没有批评我，反而问我咋样，我说大概能卖四五十块钱。老师似乎是羡慕，又是嫉妒，说："真不错。那就继续去拾发菜，还来干啥？"我笑了："老师，我拾发菜是为了上学。"老师说："那就好。"

后来，我跟着尕喜和改娃姐去卖掉了发菜，我总共卖了五十三块钱，给我妈抓了几服药，我妈的病在春节前就好了。尕喜和改娃姐两人的发菜卖了一百一十三块。他俩请我吃了炒面片，还是那么香！

第二年开春，尕喜和改娃姐去拾发菜，再也没有回来。一次在昌灵镇的街上，我碰上了德娃子，他收拾得和尕喜差不多，头发上喷了发胶，油光可鉴，听他说我才知道尕喜和改娃姐在内蒙古阿拉善做生意，日子过得不错哩。直到后来，我考上了大学，再也没有见过他们。

九

二十年后，尕喜和我在兰州相遇，完全是巧合。那时候，我刚刚应酬完一个饭局，出门的时候和他迎面碰上，我看着他，他也看着我，显然，都是喝了酒的人，彼此没有生分，我和他同时喊出了对方的小名。

他本来个头就比我高，加上穿着一套高档的西服，更是器宇轩昂，我俩的手紧紧握在一起。

"怎么在这里见到了你，简直是奇遇！"我说。

"啥话不说了，我请你去唱歌。"他大方地说。

"去哪里？"我说，"我请你。"

"走，先不说谁请。"他说。

"好吧。"我勉强答应了。我知道那种地方的消费高得离谱，一晚上至少得四五千块。

我问他："改娃姐呢？"

"离了。"他说得很干脆。

"为啥？"我问得也干脆而吃惊。

"我有钱就变坏了，哈哈——"他回答得更干脆。

"有钱了就离婚？"我再问。

"男人有钱就变坏。"他爽朗地笑了。

"娃娃呢？"我又问。

"她带，每月给她三千块钱。"

"你亏改娃姐了。"我说。

"亏了。没办法，干了坏事，被她发现了，她死活不和我过了。"尕喜说。

"那你现在和谁过？"

"我单身。"他坦率地说，"专门给他们挣钱。"

我沉默了，没接他的话。

"咋啦？我变坏了，你也不认我了？"

我看着他，还是没有说话。

"咱们先玩，以后再说。"他熟悉地将我带进了包厢，"来一瓶人头马XO！大果盘！冰块！"

他点好了东西，给我递上了中华牌香烟。

"阿拉善的雪，好香啊！"我喝大了，醉醺醺地说。

尕喜在一边泣不成声。

刊发于《飞天》2016年第6期

后 记

我在书写人的隐痛

对弱者的同情是一个小说家的使命之一，对弱者的隐痛比看似强者的隐痛更应是文学抒写的重大使命。小说家只讲"好看"的故事还远远不够，更应该在故事之外暗示人物的命运所带来的不可言说的悲剧意味，这才是从故事到小说的重要分野。

多数的时候，我们说小说"好看"，这种说法似乎不仅仅是在强调其情节，更重要的是对小说人物内心伤痛的开掘。是的，小说无疑应该好看，小说却不仅仅只有娱乐功能，较之影视，其教化性更有优势。小说存在的理由应该是影视、美术、音乐等其他艺术形式所不可取代的那一部分，即开掘人物内心的隐痛。铁凝曾说："从大的绝望里生出来的希望是更有分量的、更有价值的、更有力量的，也更有冲击力，对人和自己生命力的信心，面对世界的信心。文学如果失掉了这些，我觉得文学没有存在的意义。"其所说的"大的绝望"既是"隐痛"，这种隐痛自然是有力的，使人要么毁灭，要么重生，这就是"面对世界的信心"。

《红楼梦》洋洋百万言，孜孜写作十载，增删五次，究其最高价值，窃以为是抒写了人的隐痛。这种隐痛如果通过影视能够精准表达，那就无须再读原著了。但真正的经典是任何其他艺术形式无法替代的。林黛玉、贾宝玉和薛宝钗，他们各自的情感隐痛不可言说，尤其林黛玉的隐痛无处可说，全世界都不听她的心灵告白。这就是爱的隐痛。这种隐痛，通过小说的语言和故事情节深植于读者内心并与读者产生共鸣，这便是这部名著打动了众多读者的真正原因之一。可见，需要小说这种文体来承载的远远不只是好看的故事。

　　本人拙作短篇《共情时代》（《广州文艺》2020年第4期）正是做了这样的尝试。一个穷老师、穷诗人龙雀的妻子出轨了，怎么办？他挚爱着她，但妻子的出轨被他撞了个现行。爱妻将菜刀递到他手里，让他砍自己，他下不了手；连妻哥也看不下去，让他离婚，他舍不得。此后，妻子索性随着情人远走高飞，三年后妻子被情人抛弃，抱着与情人生的孩子又回来了，他选择默默接受，成全妻子，独吞隐痛。这种隐痛不是一般意义上的承担，得有精神支撑。不同的地域有不同的文化背景，且很精准，如果这位老师是在北京或者在广州，结果定然不同，而他却在凉州，这就应赋予他精准的文化定位。河西走廊是深受佛教文化熏染之地，主人公喜欢上了佛教，并以此为支撑，向善而生，开始了他的精神流放，他以"割肉饲虎"的执念宽恕了妻子，最终郁郁沉醉，暴病而亡。与此同时，"我"和主人公龙雀的朋友那容也正面临着同样的状况，看似不自知而实则也活在隐痛之中，"我"不忍心将此种"知晓"告知，只好"绝交"。而在龙雀死后，那容终于承认这种隐痛也存在于他的心中。这看似惊天的告白实则早已注定，命运不可被抗争，但却恰恰又显示出一个抗争者所应有的精神，他多情痴情，在隐痛中背负着沉重的精神枷锁，活出了艰辛不易的自我，由此变成一个精神境界至美的人物。这正是德国作家马丁·瓦尔泽所说的，变美可能是痛苦所能达到的最高境界。

威廉·艾伦在《古典文学》中说："和现代小说一样，古代小说也向读者提供了一个逃离现实、获得愉悦的世界。"这个世界便是现实中的隐痛在小说得以倾诉和言说的世界，也是小说家对弱者或者隐痛者特殊关照的世界。由此，抒写背负着隐痛和与命运抗争，理应是小说家的使命之一。

我的中篇小说《相拥》（《小说月报·原创版》2018 年第 2 期）中写了一个猎人，他也是一位隐痛者，他孤身一人，无依无靠，他将隐喻着命运的一只狼捉来，拴在石磨盘上，供人观瞻，他于危难中搭救了被批斗的"大背头"，但是他最终在山洞里与一头豹子狭路相逢，彼此无可选择，只有拥抱。这个情节的真实性在于其隐喻：这是坚忍的隐痛者对命运的拥抱，对生活赐予的拥抱，无论多么无奈、多么不幸，都应勇敢面对。而一个有担当的作家更应该将这种伴随着隐痛的拥抱加以摹写，给那些隐匿在暗处的弱者生活的力量，让痛苦达到至高境界——变美。

2020 年 9 月 3 日